MUCHYN IYNGED

MOCHYN TYNGED

Glenda Carr

bwthyn
GWASG Y BWTHYN

Mochyn Tynged
Glenda Carr

ISBN : 978-1-913996-67-3

Cyhoeddwyd gyda chymorth ariannol
Cyngor Llyfrau Cymru

Clawr: Olwen Fowler
Dyluniad mewnol: Almon

Cyhoeddwyd gan
Gwasg y Bwthyn, 36 Y Maes, Caernarfon, Gwynedd LL55 2NN
post@gwasgybwthyn.cymru
www.gwasgybwthyn.cymru
01558 821275

Diolchiadau

Diolch i Marred Glynn Jones am ei hanogaeth
a'i gofal, ac i Meinir Pierce Jones a holl staff
Gwasg y Bwthyn am eu gwaith trylwyr
wrth gyhoeddi'r gyfrol hon.

Diolch i Gwenllïan am brynu mochyn bach clwt
pinc yn anrheg i mi yn Marks and Spencer.
Dyna sut y dechreuodd *Mochyn Tynged*.

Diolch i Richard am roi'r enw Porchellan iddo,
ac iddo fo a'm diweddar ŵr, Tony, am yr hwyl
a gawsom wrth drafod hynt a helynt y creadur
efo nhw.

A diolch i'r mochyn bach sy'n dal i eistedd
ar gefn fy nghadair.

'Rydwi am adrodd hanas na chlywsoch mo'i debyg ers y Mabinogi. Pam ydach chi'n gwenu?'

'Wel, mae'n rhaid deud fod 'na rywbeth eitha doniol yn y syniad o fochyn clwt yn sgwennu ei hunangofiant.'

'Fyddwch chi ddim yn gwenu ar ôl sylweddoli pwy ydw i. Wedi'r cwbwl, mae bron pawb llythrennog yng Nghymru yn sgwennu ei hunangofiant yn hwyr neu hwyrach.

'A coeliwch fi, fe fydd fy hanes i yn llawer mwy cyffrous nag atgofion rhyw gyfryngis neu hen weinidogion.'

I

Fe gyrhaeddodd o yn un o'r bagiau bach cwiltiog yna. Anrheg pen-blwydd doniol, wedi ei brynu yn un o siopau Marks and Spencer yng Nghaerdydd. Mochyn bach clwt pinc yn llawn o siwrwd polystyren. Roedd o'n beth bach del iawn, i'w ddefnyddio fel tegan, neu fasgot o bosib. Y math o beth y bydd genod yn ei gario i mewn i arholiad yn y gobaith y byddai'n dod â lwc dda iddyn nhw er nad oedden nhw wedi gorffen darllen y llyfrau gosod. Rhoesom o ar gefn cadair freichiau yn yr ystafell fyw ac anghofio amdano i raddau helaeth.

Nes iddo siarad.

'Ddaru chi erioed feddwl pwy ydw i?'

Troesom yn syfrdan i edrych ar y creadur.

'Glywsoch chi be ddeudis i?'

'Y ... y ... do.'

'Wel?'

'Rwyt ti'n medru siarad?'

'Wrth gwrs. Wel?'

'Dipyn o sioc, a deud y lleia. Wyt ti'n fyw?'

'Ydw, debyg iawn. Mor fyw â chitha.'

'Y ... y ... wyt ti'n iawn? Hynny yw yn ... gyfforddus? Angen unrhyw help?'

'Oes 'na'r fath beth â pheiriant recordio yn y tŷ 'ma?'

'Oes, fel mae'n digwydd. Pam?'

Curodd y mochyn gefn y gadair yn ddiamynedd â'i droed fach binc.

'Pam? I groniclo fy hanas i, wrth gwrs. Rydwi am adrodd hanas na chlywsoch mo'i debyg ers y Mabinogi. Pam ydach chi'n gwenu?'

'Wel, mae'n rhaid deud fod 'na rywbeth eitha doniol yn y syniad o fochyn clwt yn sgwennu ei hunangofiant.'

'Fyddwch chi ddim yn gwenu ar ôl sylweddoli pwy ydw i. Wedi'r cwbwl, mae bron pawb llythrennog yng Nghymru yn sgwennu ei hunangofiant yn hwyr neu hwyrach. A coeliwch fi, fe fydd fy hanes i yn llawer mwy cyffrous nag atgofion rhyw gyfryngis neu hen weinidogion.'

'Sut felly?'

'Siarad llai a gwrando mwy ac fe gewch wybod y cwbwl. Eich cyfrifoldeb chi fydd nodi popeth a rhoi gwybod i'r byd amdana' i a'm gorchestion. Does gen i mo'r amsar i gyboli efo rhyw fanion felly. Mi rodda' i'r holl ddeunydd crai ichi, hynny yw, yr holl ffeithiau a'r sgyrsiau i gyd. Mae gen i gof ardderchog felly fe fydd 'na ddigon ichi weithio arno. Eich gwaith chi fydd rhoi trefn arno fo a'i addasu ar gyfer y cyhoedd. Ac mi gaiff o gyhoedd heb ei ail, heb os nac oni bai. Gobeithio wir eich bod yn sylweddoli'r fath anrhydedd rydwi yn ei gynnig i chi. Ydach chi'n barod?'

Beth fedrem ei wneud ond ufuddhau?

2

Roedd hi'n gefn gaeaf yng Nghoed Celyddon. Yr adeg honno, ganrifoedd maith yn ôl, roedd y goedwig yn anferth, filltiroedd ar filltiroedd ohoni, yn dywyll, ac yn anhygyrch iawn mewn mannau. Newydd fentro allan i'r byd mawr roedd y mochyn bach, fel mae'n rhaid i bob mochyn bach ei wneud yn hwyr neu hwyrach. Nid oedd wedi sylweddoli fod y byd mor fawr a dieithr. Roedd ar goll, wedi blino, wedi drysu'n llwyr. Gweddnewidiwyd ei gynefin gan eira trwchus, a chan fod y plu eira'n dal i ddisgyn yn ddi-baid gorchuddiwyd olion ei draed fel na fedrai olrhain ei drywydd bellach. Roedd popeth mor ddistaw. Dim cân aderyn na'r un sŵn arall cartrefol, cyfarwydd. Pan glywai sŵn o gwbwl roedd hwnnw'n un dieithr, sinistr. Griddfannai brigau'r coed dan bwysau'r eira a gallai glywed ambell flaidd yn udo yn y pellter. Roedd wedi dychryn mwy nag erioed o'r blaen yn ei oes fer. Yna tybiai ei fod yn arogli mwg. Gwyddai y gallai tân fod yn beth peryglus iawn mewn coedwig, ond nid oedd hwn yn fwg cryf bygythiol. Yn wir, roedd rhywbeth eithaf tyner a deniadol yn yr arogl. Dringodd y mochyn bach yn llafurus i ben cefnen isel o dir ac edrych i lawr i'r pant oddi tano. Gwelai olau gwan yn y pellter. Ymwthiodd drwy'r eira yn nes at y golau a sylweddolodd fod y mwg yn dod o ryw fath o gaban. Roedd drws y caban yn agored a rhywun neu rywbeth yn sefyll yno yn syllu allan i'r eira. Ni wyddai'r mochyn beth oedd y siâp dieithr. Efallai mai bod dynol oedd yno, rhywbeth y gwyddai drwy reddf y dylai ei osgoi ar bob cyfrif. Ond roedd y creadur bach wedi mynd y tu hwnt i boeni am unrhyw berygl. Roedd ei draed wedi fferru a phibonwy yn hongian o'i gynffon gyrliog. Nid oedd wedi bwyta dim am dri diwrnod. Os mai gelyn oedd yn y caban, wel dyna fo. Ni fedrai fynd gam ymhellach.

'Dyma ti wedi cyrraedd o'r diwedd,' meddai'r siâp yn y drws.

Petrusodd y mochyn.

'Tyrd i mewn, wir, cyn imi gael niwmonia yn loetran yn fa'ma.'

Edrychodd y mochyn arno'n syn. Nid oedd erioed wedi gweld dim byd tebyg o'r blaen. Roedd wedi sylweddoli erbyn hyn mai dyn oedd hwn a'i fod yn amlwg yn hen iawn. Estynnai ei farf wen bron at ei liniau. Gwisgai fantell fratiog a symbolau rhyfedd drosti. Ar ei ben roedd het ddu bigfain. Ond roedd ganddo wyneb caredig iawn, a rhywsut neu'i gilydd gwyddai'r mochyn bach yn ei galon mai ffrind oedd hwn, nid gelyn.

'Tyrd yn dy flaen. Rwyt ti'n saff yma.'

Camodd y mochyn yn ofnus i mewn i'r caban. O, am le braf, cynnes!

'Tyrd yn nes at y tân i ddadmar tipyn,' meddai'r hen ŵr. 'Reit siŵr dy fod di wedi fferru ac wedi llwgu.'

Edrychodd y mochyn arno'n ddryslyd. Doedd ganddo ddim syniad beth oedd yr hen ŵr yn ei ddweud, ond gobeithiai yn ei galon ei fod yn rhywbeth i'w wneud â bwyd. Yna, fel petai wedi dod drwy hud (er nad oedd hynny'n bosib, wrth reswm), ymddangosodd powlen fawr o fara llefrith ar y llawr o'i flaen. Neidiodd y mochyn ato a'i lowcio'n awchus. Yna taflodd yr hen ŵr sach ar lawr o flaen y tân a phwyntio ato. Deallodd y mochyn ei fod i orwedd arno. Suddodd i lawr, rhoi ochenaid o ryddhad, a chyn pen dim roedd yn cysgu'n drwm.

Bore drannoeth roedd y tywydd wedi gwella rywfaint. O leiaf roedd yr eira wedi peidio. Aeth yr hen ŵr allan i'r goedwig yn cario trywel fechan a basged. Bob hyn a hyn plygai, crafu'r eira oddi ar y ddaear a chodi planhigyn a'i roi yn y fasged. Dilynodd y mochyn ef, gan snwffian a thyrchu i chwilio am fes, cnau ffawydd neu unrhyw beth bwytadwy. Daeth hyn i fod yn batrwm beunyddiol yn eu bywyd. Aent allan i chwilota yn y goedwig yn ystod y dydd, ac yna fin nos byddai'r hen ŵr yn bwyta ei swper ac yn bwydo'r mochyn. Wedyn byddai'n gosod ei helfa blanhigion yn drefnus ar y bwrdd, cyn eu didoli a malu rhai'n fân â breuan a phestl. Tywalltai rhyw hylifau arnynt cyn eu stilio a'u rhoi mewn poteli a photiau a gadwai ar silff uchel. Ambell dro byddai'r hen ŵr yn eistedd o flaen y tân yn darllen rhai o'r cannoedd o lyfrau a orweddai ar silffoedd ac yn blith draphlith yng nghefn y caban. Erbyn hyn roedd y mochyn yn teimlo'n bur gyfforddus yng nghwmni'r hen ŵr a daeth i ystyried y caban clyd fel ei gartref yntau.

Os medrai'r mochyn ymlacio, nid felly'r hen ŵr. Byddai'n troi a throsi drwy'r nos, yn griddfan, ochneidio a thynnu ei wallt a'i farf. Nid âi mor bell â malu'r dodrefn, am y rheswm syml nad oedd yna lawer o ddodrefn yn y caban. Ond un noson fe luchiodd stôl fach drithroed at y wal a thorri un o'i choesau. Cynhyrfodd y mochyn wrth weld hyn gan ei fod yn hoff o eistedd ar y stôl fach. Roedd yn fwy ofnus ar ôl hynny, ond teimlai nad oedd cynddaredd yr hen ŵr wedi ei hanelu ato ef nac yn ei fygwth mewn unrhyw fodd, a chan na wyddai'n amgenach, tybiai mai fel hyn roedd bodau dynol yn arfer ymddwyn yn ystod y nos.

Un diwrnod roedd y ddau ohonynt wedi bod yn chwilota yn y goedwig drwy'r dydd pan benderfynodd y mochyn fynd yn ôl i'r caban ar ei ben ei hun. Roedd yr hen ŵr wedi creu rhyw fath o fflap bach yn nrws cefn y caban fel y gallai'r mochyn fynd a dod fel y mynnai. Roedd arno andros o syched. Rhedodd i'r gornel i chwilio am y bowlen o ddŵr yr arferai'r hen ŵr ei gadael iddo yno. Doedd dim golwg ohoni. Ofnai fod ei ffrind yn dechrau mynd yn anghofus. Edrychodd o'i gwmpas a gwelodd bot ar y llawr yn y lle tân. Roedd y pot yn llawn o hylif gwyrdd. Cymerodd y mochyn yn ganiataol mai rhyw fath o ddiod dail yr arferai'r hen ŵr ei gwneud ar gyfer annwyd oedd yr hylif. Gwyddai na fyddai'n blasu'n dda iawn, ond o leiaf roedd yn wlyb. Llyncodd holl gynnwys y potyn mewn dau lowciad.

Yna dechreuodd y byd chwyrlïo rownd a rownd, i fyny ac i lawr. Teimlai'r mochyn yn swp sâl.

'Brenin y bratia!' meddai mewn llais bach gwan. 'Mae'n debyg mai'r bendro ydi peth fel hyn.'

Cyn bo hir daeth yr hen ŵr yn ôl i'r caban. Cyn gynted ag yr agorodd y drws synhwyrodd fod rhywbeth yn wahanol, rhywbeth o'i le. Yna gwelodd y pot ar ei ochr yn y lle tân. Cododd ef i fyny. Roedd yn wag.

'O go damia!' meddai. 'Dyn a'n helpo ni rŵan.'

Roedd y mochyn yn gorwedd yn ei gornel arferol. Aeth yr hen ŵr ato a phlygu drosto. Gallai ei glywed yn chwyrnu'n ysgafn.

'Mae o'n fyw, diolch byth,' meddai, wrth symud i'r gongl a ddefnyddiai fel cegin fechan. Bu'n stwna yno am dipyn ond cadwai un llygad ar y mochyn. Cyn hir sylwodd fod y creadur yn ymstwyrian.

'Beth am stiw cwningan i swper?' sibrydodd yng nghlust y mochyn.

Neidiodd hwnnw i fyny'n ddryslyd.

'Roeddwn i'n meddwl fy mod i fwy neu lai yn llysfwytäwr.'

'O diar,' meddai'r hen ŵr. 'Mae o wedi gweithio felly.'

'Mae be wedi gweithio?' gofynnodd y mochyn.

'Y ddiod hud roeddet ti'n gobeithio nad oeddwn i ddim wedi sylwi dy fod wedi ei hyfed.'

Gwridodd y mochyn. 'Oedd hi'n bwysig?'

'Wel, mae hi wedi rhoi dawn siarad i ti yn ogystal â dallt be ydi bwydlysyddiaeth.'

'Dydi hynna ddim yn normal?'

'Dim mewn moch. Yn wir, fe ddwedwn ei fod yn gwbwl unigryw.'

'O wel, fi oedd y mochyn mwya clyfar yn y torllwyth. Ond os oedd y stwff yn y pot mor bwysig pam fuest ti mor flêr â'i adael o ar lawr?'

'Roeddwn wedi bod yn gweithio arno fo bore 'ma ar ôl i ti fynd allan. Mae'n rhaid fod rhywbeth wedi tynnu fy sylw i beri imi ei adael, mynd i neud rhywbeth arall ac anghofio amdano fo. Rydwi wedi arfer byw ar fy mhen fy hun heb orfod bod yn orofalus. Wnes i 'rioed feddwl y byddet ti'n mynd a'i yfed o. Newydd ddechra arbrofi arno fo oeddwn i, ac roedd angen ei addasu fo gryn dipyn cyn y byddai'n barod i unrhyw un ei yfed. Yn sicr, doeddwn i erioed wedi bwriadu i anifail ei yfed. Mae ei effeithiau wedi bod yn ganwaith cryfach ynot ti gan dy fod mor fach a chan dy fod wedi yfed yr holl botyn. Hyd yn oed ar gyfer dyn yn ei lawn dwf dim ond un llwy fwrdd oedd y dos. Mae'n wyrth dy fod yn dal yn fyw.'

'Reit siŵr dy fod yn falch o hynny. Meddylia gymaint cyfoethocach fydd dy fywyd di o hyn ymlaen. Be oedd pwrpas y stwff 'na beth bynnag?'

'Mewn bodau dynol roedd i fod i ehangu eu

gwybodaeth gyffredinol ac ymestyn eu hoes. Ond mae wedi cael effaith lawer cryfach arnat ti. Wyt ti ddim yn teimlo'n wahanol?'

'Ddylwn i? Ym mha ffordd?'

'Wel, mae'n ymddangos dy fod di bellach yn anfarwol ac ar y ffordd i fod yn hollwybodus.'

'Dyna neis. Mae'n rhaid deud imi deimlo braidd yn od ar ôl llyncu'r peth. Roeddwn i'n meddwl ella 'mod i am chwydu ond dim byd gwaeth na hynny.'

'Mae arna'i ofn fod petha ychydig yn fwy dyrys na hynna. Rydw i'n bersonol mewn dipyn o bicil rŵan. Dwn i ddim sut i ymdopi â byw efo mochyn hynod ddeallus sy'n medru siarad.'

'Un dydd ar y tro, te? Rŵan, pwy yn hollol wyt ti?'

'Wel, wir. Ydwi'n amgyffred rhyw ymwybyddiaeth o'r amgylchfyd yn blaguro yn y meddwl bach 'na?'

'Dim mor fach bellach! A phaid â thrio fy maglu i efo dy eirfa grand. Rydwi'n gwybod ystyr "amgyffred", "ymwybyddiaeth", "amgylchfyd" a "blaguro". A miloedd o eiriau eraill hefyd, fel "cyfrwngddarostyngedigaeth" a "gwrthddatgysylltiaeth", er enghraifft.'

'Nefoedd! Does gen i 'run syniad be 'di rheina.'

'Dim ots. Fydden nhw fawr o iws iti yng Nghoed Celyddon, beth bynnag. Ond dwyt ti ddim wedi ateb fy nghwestiwn. Pwy wyt ti?'

'Myrddin ydi fy enw i,' meddai'r hen ŵr gyda gwên.

'Be? Ti ydi Myrddin y Dewin?'

'Mae rhai'n rhoi'r teitl yna imi. Ond mae'n well gen i feddwl amdanaf fy hun fel rhywun call a doeth, ond rhaid cyfadda fod gen i rywfaint o sgilia consuriaeth a rhagweledigaeth.'

'Rydwi'n gwybod ystyr y geiria yna hefyd,' meddai'r mochyn.

Aeth y dyddiau a'r wythnosau heibio'n gyflym a lleibiodd y mochyn wybodaeth a geirfa yr un mor gyflym. Nid oedd raid i Fyrddin ei ddysgu sut i ddarllen; roedd fel petai wedi cael y ddawn drwy lyncu'r hylif hud. Ond roedd sgwennu'n fater arall. Darganfu'r mochyn nad oedd yn hawdd sgwennu os nad oedd gennych ddwylo.

'Gwell peidio â thrio,' meddai Myrddin. 'Fe fydda bob dim yn draed moch.'

'Ha ha. Doniol iawn,' meddai'r mochyn.

Ar anogaeth Myrddin treuliai'r mochyn oriau lawer yn pori yn llyfrgell y dewin. Roedd yno lyfrau o bob cyfnod yn ymdrin â phob pwnc dan haul. Eisteddai'n fodlon am hydoedd a'i drwyn mewn llyfr. Ambell dro holai'r dewin os nad oedd wedi llwyr ddeall rhyw bwnc neu'i gilydd. Ond anaml y byddai'n rhaid iddo wneud hynny.

Penderfynodd Myrddin ddysgu rhai sgiliau mwy ymarferol iddo hefyd. Roedd yna ardd lysiau y tu cefn i'r caban a byddai'r ddau yn gweithio'n ddiwyd i gadw trefn ar honno. Gwyddai'r dewin am holl rinweddau planhigion ar gyfer coginio a meddyginiaeth. Byddai'n mynd â'r mochyn i'r gornel lle tyfai'r perlysiau ac yn esbonio sut i'w defnyddio: cwmffri i wella sigiadau a chleisiau; camomeil ar gyfer camdreuliad; rhosmari ar gyfer annwyd; mintys y graig at y ddannoedd; gold Mair i leddfu pigiadau pryfed, a wermod ar gyfer popeth fwy neu lai. Wrth grwydro'r goedwig a'i llennyrch byddai Myrddin yn dangos y gwahaniaeth rhwng y planhigion bwytadwy a'r rhai gwenwynig.

'Falla ein bod ni yn anfarwol,' esboniodd, 'ond allwn ni ddim osgoi'r poena a'r heintia sy'n effeithio ar feidrolion. Os wyt ti'n gwybod rhinwedda'r gwahanol blanhigion bydd hynny o fudd i ti dy hun a falla y gelli di helpu eraill yn y dyfodol. Paid â diystyru'r planhigion bach cyffredin. Mewn canrifoedd i ddod bydd gwyddonwyr yn dal i'w haddasu er mwyn eu defnyddio yn y meddyginiaetha mwyaf soffistigedig. Paid â meddwl fod bysedd y cŵn, er enghraifft, yn ddi-werth am eu bod yn wenwynig. Rhyw ddiwrnod fe'u defnyddir i drin clefyd y galon. Rydwi yn hollol argyhoeddedig fod gan Natur y moddion i wella pob haint, ond bydd yn hir iawn cyn i ddynion ddarganfod ei holl gyfrinacha.'

Un noson, pan oedd y ddau yn eistedd yn darllen wrth y tân, trodd Myrddin at y mochyn yn sydyn a dweud, 'Rhaid ystyried dull amgenach o dy gyfarch.'

'Siarada'n blaen, wir,' meddai'r mochyn. 'Wyt ti am roi enw imi?'

'Byddai'n syniad da.'

'Pam? Os ydwi am fynd yn glyfrach a chlyfrach

o hyd bydd pobol yn fy nghyfarch i fel "Athro" neu "Ddoethur" cyn bo hir.'

'Paid â disgwyl gormod. Does neb wedi rhoi'r teitla yna i mi hyd yn hyn.'

'O, bechod.'

'Fe adawn ni'r mater am dipyn. Mae'n galw am ddwys ystyriaeth.'

'Digon gwir.' Oedodd y mochyn am funud, yna ychwanegodd, 'Gyda llaw, Myrddin, pan ddaw'r amsar, ac fe ddaw yn ddiau, i'r byd gael clywad fy hanas, oes raid inni grybwyll y darn dagreuol 'na amdana' i ar goll yn yr eira yn y goedwig?'

'O, oes yn sicr,' meddai Myrddin. 'Roeddet ti'n eitha ciwt.'

'Na. Mae'n gneud imi swnio'n bathetig.'

'Wel, mi roeddet ti.'

'Be? *Moi*? Yn bathetig? Go brin, a does arna'i ddim isio i fy nghyhoedd fy ngweld i felly.'

'Mae'n ddarn bach neis o dy hanas. Ymhen canrifoedd bydd 'na ddyn ymhell dros y môr yn gneud ei ffortiwn wrth greu llunia symudol am anifeiliaid bach ciwt efo llygaid mawr crwn yn crwydro mewn coedwigoedd.'

'Pob lwc iddo fo, ond chaiff o ddim rhoi ei hen facha ar fy stori i.'

3

Roedd y dewin a'r mochyn yn eistedd yn gyfforddus yng ngardd gefn y caban un pnawn Sul pan ddywedodd Myrddin,

'Gwranda'n ofalus rŵan. Mae gen i betha pwysig i'w trafod efo chdi. Wyt ti'n gwybod be 'di metamorffosis?'

'Pam mae'r enw Kafka yn dod i'm meddwl?'

'Am dy fod yn fochyn hynod ddiwylliedig. Rho gynnig arall.'

'Beth am gerdd hir gan Ofydd, y bardd Lladin?'

'*Metamorphoses* oedd honno, ond ateb arall deallus iawn, serch hynny.'

'Wrth gwrs.'

'Mae'r gerdd honno yn sôn am bobol a aeth drwy'r broses o fetamorffosis neu weddnewid. Fe ddylwn i esbonio i ti rŵan dy fod titha, yn ogystal â bod yn anfarwol, hefyd yn weddnewidiwr.'

'Argol fawr! Ydi hynna'n beryg?'

'Ddim o'i drin yn gall a chyfrifol. Mae'r ddiod hud wedi rhoi iti'r gallu i newid dy siâp yn ôl y galw. Gallai hynny fod o fudd mawr iti pan ei di allan i'r byd mawr. Bydd yn cymryd amsar iti berffeithio'r sgìl ond rydwi'n siŵr y byddi yn ei meistroli yn y diwedd.'

'Yn bur sydyn, dybiwn i. Rwyt ti'n sôn am weddnewid. Fedrwn i newid i fod yn ddynol?'

'Na, nid yn gwbwl ddynol. Byddi di'n medru mabwysiadu corff dynol, ond mae'n debyg y byddi'n dal i gadw dy hanfod fel mochyn.'

'Diolch am hynny. Rydwi'n ddigon bodlon bod yn fi fy hun, yn enwedig ers imi lyncu'r ddiod hud a dŵad mor glyfar.'

Aeth y mochyn yn ddistaw. Roedd yn amlwg yn pendroni am yr holl bosibiliadau cyffrous a oedd o'i flaen. Yna gofynnodd, 'Fedra'i newid i fod yn unrhyw fod dynol?'

'Mae'n bosib, am wn i,' meddai Myrddin.

'Yn frenin, neu ella'n Bab?'

'Go brin y bydd galw arnat ti i neud hynny. Rwyt ti'n fwy tebygol o gael dy weddnewid yn un o farchogion y Ford Gron.'

'Oes yna fyrdda crwn? Roeddwn yn meddwl eu bod nhw i gyd yn sgwâr fel un ni.'

'Na. Gall byrdda fod yn bob lliw a llun, ond rydwi yn cyfeirio at un arbennig iawn – y Ford Gron y mae'r Brenin Arthur a'i farchogion yn eistedd wrthi.'

'O, ia, wrth gwrs. Rydwi wedi darllen amdanyn nhw yn un o dy lyfra di. Maen nhw'n swnio'n hynod o ddiddorol.'

'Galla'i feddwl am ansoddeiria mwy addas i'w disgrifio nhw,' meddai Myrddin yn sychlyd.

'Pam cael bwrdd crwn? Oes 'na arwyddocâd arbennig i'w siâp o?'

'Oes. Mae bwrdd crwn yn golygu fod pawb sy'n eistadd o'i gwmpas o'n gydradd. All neb eistadd mewn lle mwy blaenllaw na'i gilydd.'

'Oeddat ti'n nabod Arthur a'i farchogion?'

'Yn dda iawn. Fi oedd Dewin Preswyl Llys Arthur cyn imi ddŵad i Goed Celyddon.'

'Pam wnest ti adael y Llys?'

'Wnes i ddim dewis gadael. Penderfyniad Tynged oedd hynny.'

Synfyfyriodd y mochyn am rai munudau, yna gofynnodd, 'Sut gall Arthur eistadd wrth y Ford Gron? Mae o wedi marw, 'dydi? Ddaru o ddim marw o'i anafiada ar ôl brwydr Camlan a chael ei gario i ffwrdd i Afallon neu rywla?'

Gwylltiodd Myrddin yn gacwn. 'Paid â gadael imi dy glywad di'n deud byth eto fod Arthur wedi marw,' gwaeddodd. 'Bydd Arthur fyw tra bydd Cymru fyw.' Yna petrusodd ac ychwanegu, 'Ella y byddai'n fwy cywir deud y bydd Cymru fyw tra bydd Arthur fyw.'

'Roeddwn i wedi darllen hefyd ei fod ef a'i farchogion wedi bod yn cysgu mewn rhyw ogo am flynyddoedd. Rhaid fod hynna braidd yn ddiflas.'

'Mae hanesion yn cael eu llurgunio gydag amsar,' meddai'r dewin. 'Mae'n wir fod pencadlys y Llys mewn ogo. Ond go brin fod y Brenin a'i farchogion yn cysgu. Nid rhyw stori Dylwyth Teg wirion fel y Dywysoges Hir ei Chwsg sydd yma. Mae Arthur a'i farchogion yn mentro allan i'r byd yn amal ar ryw berwyl neu'i gilydd. Ond mae'n wir eu bod nhw'n treulio llawer o'u hamsar yn yr ogo. Rhaid iddyn nhw fod yn barod bob amsar am yr alwad.'

'Teleffon?' gofynnodd y mochyn.

'Paid â bod mor wirion. Dydi hwnnw ddim wedi cael ei ddyfeisio eto. Does modd dy fod yn gwybod amdano.'

'Ond mi rydwi *yn* gwybod. Pa fath o alwad fydd hi, te? Mwy fel yr Apostol Paul?'

'Na, fydd hi ddim fel un yr Apostol ... Wyt ti wedi bod yn darllen y Beibl?'

'Do. Pam wyt ti wedi synnu?'

'Wel, dydi rhywun fel rheol ddim yn meddwl am foch yn pori yn yr Ysgrythura.'

'Ella ddim. Ond a deud y gwir, mi ges i gysur mawr o neud hynny. Ond rhaid cyfadda fod yn gas gen i hanas moch y Gadareniaid.'

'Hawdd dallt hynny,' meddai Myrddin.

'Pan ddaw'r alwad 'ma, be fydd Arthur yn ei neud?'

'Bydd o a'i farchogion yn achub Cymru rhag ei gelynion.'

'Neith hynna weithio?'

'Gobeithio, te?' meddai Myrddin.

'Reit siŵr ei bod hi'n anodd iawn gorfod aros mewn rhyw hen ogo i ddisgwyl am alwad a honno falla byth yn dŵad.'

'Nid ogo gyffredin ydi hon. I ddeud y gwir, dydi hi ddim fel ogo o gwbwl wedi iti fynd i mewn iddi. Mae hi mor grand ag unrhyw lys brenhinol. A bydd yr alwad yn siŵr o ddŵad. Ond maen nhw'n eithaf prysur yn y cyfamsar.'

'Yn gneud be yn hollol?'

'Achub rhianedd mewn helbul a mynd ar gyrchoedd neu ymchwiliada.'

'Mae'n swnio'n ddiflas iawn i mi.'

'Hwyrach fod y rhianedd braidd yn ddiflas. Llewygu a rhyw sterics gwirion. Ond mae'r ymchwiliada fel rheol yn bur gyffrous.'

'Beth yn hollol ydi ymchwiliad?'

'Maen nhw'n mynd i chwilio am ryw ddirgelwch neu am rywbeth sydd ar goll.'

'Fel goriad y drws ffrynt?'

'Naci. Petha fel y Greal Sanctaidd.'

'O, petha felly,' meddai'r mochyn. 'Wyt ti'n meddwl y ca'i gyfle i fynd ar ymchwiliad rywbryd?'

'Ella wir.'

'Go iawn? Pa bryd?'

'Rywbryd yn y dyfodol.'

'Myrddin, mae gen i gwestiwn.'

'Taw â deud. Dyna syrpréis.'

'Paid â bod yn sbeitlyd. Mae hwn yn gwestiwn call. Be fydda'n digwydd petai'r alwad yn dŵad pan fydd Arthur a'i farchogion i gyd i ffwrdd ar ymchwiliad?'

'Neith hynna ddim digwydd. Dydyn nhw i gyd byth yn mynd i ffwrdd yr un pryd. Mae 'na bob amser gnewyllyn ar ôl. Pan oeddwn i'n byw yn y Llys fyddwn i yn amal iawn ddim yn mynd ar yr ymchwiliada'

'Pam ddim?'

'Rhy brysur.'

'Rhy brysur yn gneud be?'

'Yn y labordy. Arbrofion hud.'

'Pa fath?'

'Fiw imi ddeud. Hysh-hysh. Hollol gyfrinachol.'

'Go brin,' meddai'r mochyn.

Ar ôl munud neu ddau ychwanegodd, 'Ond byddai'n rhaid i Arthur ddŵad yn ôl ar frys petai'r alwad yn dŵad. Sut fedran nhw gael gafael arno fo?'

'Maen nhw'n dallt y dalltings, wsti, ac maen nhw'n hen lawia ar delepathi.'

'Bydda ffôn symudol yn well,' meddai'r mochyn.

'"Heddiw, hiraethu'n anniddig a fydd am ryfeddod yfory."'

'Pwy ddeudodd hynna?'

'T. Gwynn Jones, bardd o'r ugeinfed ganrif.'

'Rargian! Fydd 'na feirdd o gwmpas bryd hynny?'

'Bydd, ond fyddan nhw ddim yn canu awdla moliant a chywydda gofyn. Bydd rhai ohonyn nhw'n sgwennu rhyw betha annealladwy heb arlliw o gynghanedd hyd yn oed.'

'Ewadd. Ond deuda wrtha'i, Myrddin, wrth feddwl am ffonau symudol a theclynna handi felly, pam mae'r holl betha mwya defnyddiol yn y dyfodol?'

'Nid y dyfodol fydd o am byth. Un diwrnod fe fydd y dyfodol yn bresennol ac yna'n orffennol.'

'Mae'n anodd dirnad hynna.'

'Dim mewn gwirionedd. Fe ddoi di i'w ddallt o'n well wrth iti fynd yn hŷn.'

'Mae amsar yn beth rhyfedd iawn,' meddai'r mochyn.

'Mae hynna'n wir. Ond cofia nad ydi'r syniad o amsar ddim yn golygu'r un peth i ni anfarwolion ag i bobol gyffredin. Rheolir ein bywyda ni gan hud a lledrith. Fel arfar, fydda'i ddim yn lecio defnyddio'r geiria yna, ond dyna'r gwir. Does dim cronoleg fel y cyfryw yn ein bywyda ni anfarwolion. Ac mae hi hyd yn oed yn fwy anodd i mi yn bersonol gan fy mod yn ddewin. Rydw i yn medru rhagweld y dyfodol i'r fath radda fel fy mod yn amal yn gorfod meddwl pa flwyddyn, yn wir pa ganrif, rydw i ynddi. Ambell dro mi fydda'i yn cyfeirio'n hollol naturiol at bobol na fyddan nhw'n cael eu geni am rai canrifoedd fel na fydd gan fy ngwrandawyr y syniad lleia am be rydwi'n sôn.'

'Ti'n iawn. Rydwi wedi pendroni lawar tro am be roeddat ti'n baldareuo. Ond mi fydda' inna'n cael rhyw ambell fflach fach o'r dyfodol bob hyn a hyn hefyd.'

'Byddi, mi wn, ac oherwydd y ddiod hud mi gei di fwy ohonyn nhw wrth iti aeddfedu. Mae gan bob anfarwolyn y gallu i symud yn ôl ac ymlaen mewn amsar a gofod, ambell dro o'i wirfodd, ond dro arall yn hollol annisgwyl. Rhyw ddiwrnod fe fyddi ditha'n cael y llithriada 'ma a chael dy gario i gyfnod neu le hollol wahanol mewn mater o eiliada. Gall llithriada annisgwyl daflu rhywun oddi ar ei echel i gychwyn, ond mi ddoi di i arfar â nhw cyn hir nes y byddi di prin yn sylwi arnyn nhw ar ôl dipyn. Ond rhaid cyfadda y gall y cyfuniad o lithriad gofod ac amsar sy'n digwydd yr un pryd fod yn dipyn o sioc i'r system. Mae llithriada amsar syml yn fwy cyffredin.'

'Dydwi ddim wedi cael un hyd yn hyn,' meddai'r mochyn.

'Naddo, ond fe gei ditha nhw. Maen nhw'n dibynnu ar dy hormonau di.'

'Wyt ti'n dal i'w cael nhw, Myrddin? Rwyt ti braidd yn hen i gael hormonau.'

'Paid â bod mor bowld. Byddai'n syniad iti ailastudio dipyn o endocrinoleg. Mae'n amlwg nad oeddet ti ddim yn talu digon o sylw pan esboniais i'r pwnc. A be wyt ti'n ei olygu wrth "hen"? Hen, wir. Rydwi mor ifanc fy ysbryd ag erioed. Fy arwyddair i mewn bywyd yw *Carpe Diem.* Cydia yn y diwrnod.'

'Dim angen cyfieithu, diolch,' meddai'r mochyn.

4

Y noson honno sylwodd Myrddin fod y mochyn braidd yn anniddig ac fel petai ganddo rywbeth ar ei feddwl.

'Wyt ti'n iawn, fy ffrind?' gofynnodd. 'Be sy'n dy drwblo di?'

'Rydwi'n hollol iach, ond rhaid cyfadda fy mod i'n poeni braidd. I ddeud y gwir, mae arna'i ofn.'

'Ofn? Ofn be? Ddaw dim niwed iti. Rydwi yma i ofalu amdanat ti, a hyd yn oed yn y dyfodol pan na fyddwn ni gyda'n gilydd ni fydd raid iti ond galw arna'i ac mi fydda'i efo chdi mewn chwinciad.'

'I fod yn onest, mae arna'i ofn y syniad o weddnewid. Fydd raid imi ei neud o cyn hir? Fydd o'n brifo?'

'Yr ateb i'r ddau gwestiwn yna ydi "Na". Fyddwn i ddim yn meddwl am ddysgu iti sut i weddnewid heb fod yn hollol siŵr dy fod di'n barod. A phaid â phoeni y bydd o'n brifo. Y cwbwl wnei di deimlo fydd rhywbath fel rhyw sioc drydan fach ysgafn, a fydd honno dim ond yn para am ryw eiliad.'

'Fedri di weddnewid, Myrddin? Dydwi 'rioed wedi dy weld di wrthi.'

'O, medra. Os ca'i frolio am funud, rydw i'n

weddnewidiwr rhagorol. Am flynyddoedd fi oedd tiwtor gweddnewid y macwyaid a'r marchogion ifainc yn Llys Arthur.'

'Ydi Arthur a'i farchogion yn medru gweddnewid felly?'

'Mae pob bod hud yn medru gweddnewid. Rhai'n well na'i gilydd, wrth gwrs. Mi fydda'i bob amsar yn meddwl ei fod yn dibynnu i radda ar ba mor ddeallus ydi'r gweddnewidiwr.'

'Ddylwn i ddim cael unrhyw draffarth felly,' meddai'r mochyn yn hunanfodlon.

'Reit siŵr dy fod di'n iawn. Does gen ti ddim diffyg hunanhyder, beth bynnag.'

'Pan oeddat ti'n sôn am symud mewn amsar a lle, fe ddeudist ti ein bod yn gallu gneud hynny o'n gwirfodd, ond dro arall ei fod o'n rhywbath cwbwl annisgwyl. Felly does gynnon ni ddim rheolaeth lwyr dros y llithriada 'ma?'

'Dim ond i radda.'

'Ydi gweddnewid yn gweithio yn yr un ffordd?'

'Ydi, ar y cyfan. Yr unig beryg ydi ...'

'Pa beryg? Pwy all fy ngorfodi fi i weddnewid?'

'Wel, mae Tynged yn gneud rhyw benderfyniada annisgwyl weithia. Ond, na, paid â phoeni am hynna rŵan.'

Edrychodd y mochyn yn bur amheus, ond roedd yn awyddus i ddysgu sut i weddnewid gan y tybiai y gallai fod yn hynod o ddefnyddiol, ac o bosib yn dipyn o hwyl hefyd.

'Pa bryd ga'i ddechra dysgu?'

'Mi fydda'i'n gwybod pan fyddi di'n barod. Cyn bo hir, mae'n debyg. Rwyt ti'n ifanc iawn o hyd, ond gall hynny fod o fantais hefyd. Mi fydda'i'n teimlo weithia po ifanca ydi'r disgybl, cyflyma'n yn y byd mae o'n dysgu.'

'Ti ddaru ddysgu Arthur sut i weddnewid?'

'Ia. Hogyn ifanc oedd o bryd hynny, ond roedd o'n dysgu pob dim yn gyflym iawn. Roeddwn i wedi penderfynu y dyla fo ddŵad i nabod natur gwahanol anifeiliaid. Byddai'r ddau ohonom yn gweddnewid i wahanol fwystfilod, pysgod ac adar, er mwyn i mi fedru ei ddysgu fo sut i osgoi peryglon o bob math. Fe wyddwn i bryd hynny fod gan Arthur dynged bwysig ac anodd ac y bydda'n rhaid iddo ddallt natur dyn ac anifail.'

'Dwi'n gwybod dy fod di newydd ddeud fod gynnon ni reolaeth ar y cyfan dros y broses o weddnewid, ond dydi hynna ddim yn wir bob amsar, nacdi? Beth am y blaidd-ddynion?'

'Cwestiwn da. Ond maen nhw'n achos arbennig. Ac mae'n wir fod 'na enghreifftia eraill o ddynion a merched yn cael eu gorfodi i weddnewid o'u hanfodd. Mae rhai wedi cael eu newid i fod yn anifeiliaid am fod dewin neu wrach wedi rhoi melltith arnyn nhw. Rwyt ti dy hun yn gwybod am achos o'r fath.'

'Ydw i? Pwy?'

'Wyt ti'n cofio inni astudio *Yr Odyseia* Homer gyda'n gilydd? Meddylia am enghraifft o fanno.'

'O, ia, wrth gwrs. Circe y ddewines ddrwg, ynte? Fe drodd hi ddilynwyr Odysews yn foch.'

'Do'n wir. Ac mae hanesion am y duwiau'n troi pobol yn anifeiliaid fel cosb ambell dro.'

'Oes, fe drowyd Arachne yn bry cop gan Athena am iddi feiddio honni ei bod yn well gwehyddes na'r dduwies. Ond cymeriada chwedlonol oedd rheiny. Hanesion dychmygol ydyn nhw. Doeddan nhw ddim yn bobol go iawn. Dim fel ni. Rydan ni'n real.'

'Ydan ni?' meddai Myrddin â gwên fach ysgafn. 'Ond rhaid deud dy fod yn gwybod dy chwedloniaeth glasurol. Rydwi'n falch iawn dy fod yn cael y fath fudd o ddarllen. Mae'n bleser dysgu disgybl mor addawol.'

'Siŵr o fod,' meddai'r mochyn.

'Ond paid ti â phoeni am gael dy droi'n anifail gan ddewin drwg neu wrach fygythiol. Neith dim byd felly byth ddigwydd i ti.'

'Pam ddim? Sut y gwyddost ti?'

'Am dy fod yn anifail yn barod. A beth bynnag, rydw i a fy mhwerau hud yma i edrach ar dy ôl di. Erbyn pan fyddi di'n barod i fentro allan i'r byd mawr mi fydda'i wedi dysgu iti bopeth fydd arnat ei angen i dy amddiffyn dy hun rhag unrhyw hud niweidiol, yn ogystal â sut i ddelio â bodau dynol maleisus. Yr unig beth na fedra'i mo'i reoli ydi Tynged. Mae hi'n fwy pwerus nag unrhyw ddewin. Ond mi groeswn ni'r bont yna pan ddown ni ati.'

Drannoeth dyma Myrddin yn dweud, 'Rydwi wedi penderfynu defnyddio tipyn o hud a lledrith er mwyn iti gael gweld pa mor effeithiol y gall gweddnewid fod pan fydd arbenigwr go iawn yn ei neud.'

'Wyt ti am ddangos dy ddonia di imi?'

'Na. Nid fi ydi'r arbenigwr dan sylw. Rydwi am drefnu llithriad amsar a lle yn fwriadol er mwyn iti ymweld â dewines.'

'Dydan ni ddim yn mynd i weld Circe, nac'dan? Does dim llawer o bwynt iddi hi feddwl am fy nhroi i yn fochyn, nac oes? Ond ella y galla' hi gael tipyn o hwyl efo chdi.'

'Dydan ni ddim yn mynd i weld Circe. Cymraes ydi'r ddewines yma.'

'Dewines o Gymru? Oes 'na'r fath beth?'

'Oes, yn wir. Ceridwen ydi ei henw hi. Rydwi am drefnu'r llithriad amsar a lle yma er mwyn iti weld Ceridwen ar foment dyngedfennol. Ond cyn hynny, mae'n well imi esbonio'r cefndir iti ne' fyddi di ddim yn dallt be sy'n digwydd. Stedda'n gyfforddus rŵan ac mi gei di glywed hanas Ceridwen.'

'Ydi hi'n fyw o hyd?'

'Mae'n bur debyg. Dydi dewiniaid da byth yn marw, nac'dyn? Rŵan gwranda'n ofalus heb dorri ar fy nhraws i.'

'Ga'i ofyn cwestiyna? Mi fydda'i wedi byrstio os na cha'i neud hynny.'

'Wel, ryw un ne' ddau. Roedd, neu falla mae, Ceridwen y ddewines yn byw ger Llyn Tegid yn y Bala gyda'i gŵr Tegid Foel. Roedd ganddyn nhw ferch eithriadol o dlws o'r enw Creirwy a mab eithriadol o hyll o'r enw Morfran. Ond gan mai hi oedd ei fam o, roedd Ceridwen yn caru Morfran ac am neud iawn rywfodd am ei hacrwch. Felly fe baratôdd ddiod hud iddo.'

'I'w neud o'n olygus?'

'Naci. I'w neud o'n ddoeth a rhoi dawn barddoni iddo. Roedd hynny'n rhodd lawer gwell na harddwch gwedd. Fe gymysgodd yr hylif yn ei chrochan hud. Roedd rhaid iddo ferwi am flwyddyn a diwrnod, ond doedd gan Ceridwen mo'r hamdden na'r amynedd i gadw golwg arno drwy'r amsar. Cafodd afael ar hen ŵr dall i ofalu am y tân, a bachgen o'r enw Gwion Bach i droi'r hylif o bryd i'w gilydd. Wel, aeth y flwyddyn a diwrnod heibio, ac roedd Gwion Bach mor falch fod ei dasg ddiflas ar ben fel y rhoddodd dro arbennig o gryf i'r hylif i ddathlu hynny. Parodd hyn i dri diferyn neidio allan o'r crochan ar fawd Gwion.'

'O, na! Be wnaeth o wedyn?'

'Y peth mwya naturiol. Sipian ei fawd i leddfu'r boen. A'r munud hwnnw fe weithiodd yr hud, a daeth Gwion mor ddoeth â Solomon. Ac ar ben hynny fe'i llanwyd â'r Awen.'

'Pwy ydi Awen?'

'Nid merch ydi'r Awen, er bod llawer un wedi ei phortreadu fel duwies. Dawn barddoni, neu'n wir unrhyw dalent artistig, ydi'r Awen. Ond Awen barddoniaeth ddaeth at Gwion.'

'Felly fe gafodd Gwion y donia roedd Ceridwen wedi eu bwriadu ar gyfer Morfran. Doedd hynna ddim yn deg. Oedd Ceridwen o'i cho? Chwara teg i ti, roeddet ti'n ffeind iawn pan wnes i yfed dy ddiod hud di.'

'Dydwi ddim am ateb rhagor o gwestiynau, gan ein bod ni rŵan am ymuno â'r stori i weld be ddigwyddodd nesa.'

'Sut fedrwn ni neud hynny?'

'Fel hyn.'

Croesodd Myrddin at hen gist a safai yng nghornel y caban. Roedd y gist wedi bod yn gryn ddirgelwch i'r mochyn ers iddo ddod gyntaf i'r caban, ac roedd yn awyddus iawn i wybod beth oedd ynddi. Unwaith pan oedd Myrddin allan yn y goedwig ceisiodd ei hagor. Ond roedd yn amhosib heb ddwylo, a beth bynnag, roedd hi dan glo. Yn awr estynnodd y dewin allwedd o un o'i bocedi ac agor y gist. Rhuthrodd y mochyn ymlaen i weld ei chynnwys. Tynnodd Myrddin fantell allan, wedi ei lapio mewn papur sidan. Roedd hi'n hardd iawn, gyda gwahanol liwiau'n gwau trwy'i gilydd, ond roedd hi'n drewi o beli camffor.

'Dy fantell ora di ydi honna? Dydwi erioed wedi dy weld di'n ei gwisgo hi. Ond mae hi braidd yn grand i fynd am dro i'r goedwig, mae'n debyg.'

'Petawn i yn ei gwisgo hi fyddet ti ddim yn fy ngweld i na'r fantell.'

'Sut felly?'

'Mantell hud sy'n fy ngwneud i'n anweledig ydi hon. Mae gan y rhan fwyaf o ddewiniaid ifanc un, ond fel y maen nhw'n dŵad yn fwy profiadol does arnyn nhw mo'i hangen hi wedyn. Ond gan dy fod di am ddŵad efo fi i weld Ceridwen, falla y byddai'n llawn cystal inni ei defnyddio.'

Yna cydiodd Myrddin yn y mochyn a lapio'r fantell amdanynt ill dau.

Sgrechiodd y mochyn, 'Help! Myrddin! Ble wyt ti? Help! Does gen i ond un droed.'

'Paid â chynhyrfu. Rydwi yn fa'ma. Rydan ni yn y fantell rŵan. Mae dy draed eraill di dan y fantell. Tyn y droed yna i mewn ac mi fyddi di'n hollol anweledig.'

'Am deimlad rhyfedd. Rydwi'n medru gweld pob dim ond fedrith neb fy ngweld i. Mae hyn yn grêt.'

'Taw rŵan. Dydi'r fantell dim ond yn gweithio am fy mod i efo chdi, rhag iti gael unrhyw syniada am dricia gwirion.'

'Be sy'n digwydd nesa?'

'Wyt ti'n barod? Paid â symud. Mewn munud neu ddau mi fydda'i'n deud y swyn a fydd yn ein cario ni at Ceridwen.'

'Er ein bod ni'n anweledig, os ydi Ceridwen yn ddewines mor fedrus, fydd hi ddim yn gwybod ein bod ni yno?'

'Falla y bydd hi'n synhwyro rhyw bresenoldeb, a chan ei bod hi mor glyfar falla y bydd hi'n adnabod fy awra, ond fe fydd hi'n gwybod fy mod i mewn dimensiwn gwahanol. Paid â phoeni. Fe fydd hi'n derbyn hynny. Rydan ni ddewiniaid yn amal yn defnyddio llithriada amsar a lle wrth hyfforddi disgyblion.'

'Wel, ella dy fod di a Ceridwen yn dallt yr holl fusnas 'ma, ond dydw i ddim.'

'Does dim rhaid dallt hud a lledrith, dim ond ei dderbyn. Ceisia ymlacio rŵan. Wyt ti'n barod?'

'Mor barod ag y bydda'i byth.'

Gallai'r mochyn glywed Myrddin yn mwmian dan ei wynt, ond yr unig eiriau a ddeallai oedd 'Ceridwen' a 'Gwion Bach'. Yna diflannodd yr ystafell yng nghaban Myrddin. Gafaelodd y mochyn yn dynn yng ngwregys y dewin. Teimlai ei hun yn chwyrlïo drwy ryw fath o niwl, a'r munud nesaf roedd mewn cegin ddieithr. Roedd yn boeth iawn gan fod yno danllwyth o dân a chrochan mawr yn llawn o hylif gwyrdd yn ffrwtian uwch ei ben. Eisteddai hen ŵr yn pendwmpian ar stôl gerllaw, ond yr hyn a dynnodd sylw'r mochyn oedd bachgen tua deg oed yn neidio i fyny ac i lawr yn sipian ei fawd. Yn sydyn agorwyd drws y gegin a brasgamodd gwraig ganol oed drwyddo. Gwisgai ffrog lwyd lipa, barclod bras a hen fflachod blêr am ei thraed. Roedd ei gwallt mewn cyrlwyr.

'Rargian!' sibrydodd y mochyn. 'Ceridwen ydi honna? Dim fy syniad i o ddewines glyfar.'

'Mae hi'n medru torri cyt pan fynnith hi,' meddai Myrddin.

Roedd y ddewines yn siarad wrth ddod drwy'r drws.

'Mae'r amsar ar ben, Gwion. Mae'r ddiod hud yn barod o'r diwedd ... Be haru ti? Pam wyt ti'n neidio o gwmpas fel llyffant?'

'Mae rhywfaint o'r hylif wedi neidio allan o'r crochan a llosgi fy mawd i.'

Rhoddodd Ceridwen sgrech. 'Be? Y twpsyn blêr! Y lembo gwirion! Blwyddyn o waith yn wastraff! Mi wna'i dy flingo di'n fyw pan ga'i afael arnat ti!'

Rhuthrodd y ddewines at y bachgen, ond roedd hwnnw'n gyflymach. Rhoddodd naid anferth gan daflu'r hen ŵr oddi ar ei stôl. Syrthiodd hwnnw'n bendramwnwgl a'i draed i fyny gan udo yn ei ddryswch. Bu'n rhaid i Geridwen neidio drosto ac erbyn hynny roedd Gwion wedi carlamu allan o'r tŷ.

'Well i ninna fynd allan er mwyn iti gael gweld be ddigwyddodd nesa,' meddai Myrddin.

'Pam yr holl strach?' gofynnodd y mochyn. 'Wedi'r cwbwl, roedd 'na lond crochan o'r hylif ar ôl.'

'Mae hynna'n wir, ond roedd holl rinwedd yr hylif wedi ei grynhoi yn y tri diferyn cynta. Doedd y gweddill yn dda i ddim. Yn wenwynig hyd yn oed.'

Pan ddaethant allan drwy'r drws gallent weld Gwion yn gwibio ar draws y cae ger yr afon a lifai heibio'r tŷ. Roedd Ceridwen ar ei warthaf. Yn sydyn diflannodd y bachgen a neidiodd ysgyfarnog fechan o'r union fan lle roedd.

'O go dda!' gwaeddodd Myrddin. 'Fel y gweli di, mae'r ddiod hud yn amlwg wedi rhoi'r gallu i weddnewid i Gwion. Ymdrech ardderchog ac ystyried mai hwn oedd y tro cynta iddo neud hyn. Ond mae'n debyg fod ofn wedi ei sbarduno ryw gymaint.'

Erbyn hyn roedd Ceridwen wedi gweddnewid

i fod yn filgi (neu o bosib yn filiast). Beth bynnag, roedd y ddau anifail yn mynd fel y gwynt hyd lan yr afon. Fel yr ymddangosai fod y ci ar fin ymosod ar yr ysgyfarnog, diflannodd honno a gwelwyd pysgodyn bach arian yn neidio i mewn i'r afon.

'Hwrê! Dal ati'r hen Wion!' bloeddiodd Myrddin.

'Pwy wyt ti'n ei gefnogi?' gofynnodd y mochyn.

''Run o'r ddau mewn gwirionedd, gan fy mod i'n gwybod be fydd yn digwydd yn y diwadd. Ond rhaid edmygu dawn arbennig bob amsar ac mae'r ddau yma yn bencampwyr ar weddnewid. Gobeithio dy fod yn talu sylw.'

Yna trodd Ceridwen yn ddyfrgi (neu o bosib yn ddyfrast). Roedd yn anodd iawn gweld beth yn hollol oedd yn digwydd yn yr afon gan fod y dŵr yn tasgu i bobman. Yn sydyn cododd aderyn bach llwyd o'r dŵr a hedfan i ffwrdd.

'Gwion ydi hwnna,' meddai Myrddin.

Fel fflach ymddangosodd hebog a mynd ar wib ar ôl yr aderyn bach.

'Ceridwen ydi hwnna,' meddai'r mochyn.

Roedd y ddau aderyn yn troelli yn yr awyr uwchben y dewin a'r mochyn. Roeddent yn symud mor gyflym fel nad oedd yn bosib gweld pwy oedd yn ennill y frwydr. Ond yn sydyn doedd dim golwg o'r aderyn bach.

'O!' gwaeddodd y mochyn. 'Mae Ceridwen wedi byta Gwion!'

'Dim eto,' meddai Myrddin dan ei wynt.

Ar y gair syrthiodd rhywbeth bach crwn o'r awyr i'r ddaear wrth draed y mochyn.

'Be 'di hwnna?'

'Gronyn o ŷd i bob golwg, ond mae'n bur debyg mai Gwion Bach ydi o.'

Roedd Ceridwen wedi dod i'r un canlyniad oherwydd glaniodd yr hebog ger y gronyn ŷd a throi'n iâr dew goch, melyn a du.

'Cam gwag, Gwion,' meddai Myrddin gan wylio'r iâr yn llyncu'r gronyn.

Yna gafaelodd yn dynn yn y mochyn. 'Wyt ti'n barod? Mae'n bryd i ni fynd.'

Mewn chwinciad roeddent yn ôl yng nghaban Myrddin yng Nghoed Celyddon.

'Pam oedd rhaid inni fynd? Roedd yn adag cyffrous iawn. Ydi Gwion wedi marw?'

'Nacdi. Ond doedd 'na ddim mwy i'w weld ar y pryd. Gad inni gael panad o de ac mi gei di glywed gweddill yr hanas.'

Pan oeddent yn eistedd yn hamddenol, Myrddin â phanad o de ar stôl wrth ei ochr, a'r mochyn â soseraid o de wrth ei draed, aeth y dewin ymlaen â'r hanes.

'Ddigwyddodd dim byd am gwpwl o fisoedd ac yna dechreuodd Ceridwen deimlo'n sâl bob bora. Gan ei bod wedi bod yn feichiog ddwywaith o'r blaen roedd hi'n adnabod y arwyddion ar unwaith. Sylweddolodd fod y gronyn ŷd wedi troi'n ôl i fod yn Gwion Bach a'i fod yn tyfu yn ei chroth. Penderfynodd aros nes iddo gael ei eni ac yna ei ladd.'

'O, na! Mae hynna'n ffiaidd.'

'Ydi. Ond wnaeth hi ddim, oherwydd pan anwyd y babi roedd o mor dlws fel na fedrai hi ddim meddwl am neud niwed iddo. Felly fe'i lapiodd o mewn blanced, ei osod mewn cwrwgl bach a'i daflu i'r môr.'

''Run fath â Moses.'

'Yn y môr oedd Gwion, nid yn afon Nîl. Ac nid merch Ffaro ddaru ei achub o chwaith.'

'Ond fe gafodd o ei achub?'

'Do. Cafodd ei dynnu o'r môr rywla ger Aberdyfi gan ŵr o'r enw Elffin.'

'Be ddigwyddodd iddo fo wedyn?'

'Roedd yr Awen yn dal efo fo er gwaetha ei holl anturiaetha ac fe dyfodd i fyny i fod yn fardd. Fo oedd Taliesin.'

'Taliesin? Doeddwn i ddim wedi sylweddoli hynny. Mae'n stori ddiddorol iawn, Myrddin.'

'Ydi. Ond y rheswm pam roeddwn i am i ti fod yn rhan ohoni oedd er mwyn iti weld mor effeithiol y gall gweddnewid fod pan mae'n cael ei neud yn fedrus. Wrth gwrs, roedd y frwydr rhwng Ceridwen a Gwion yn eithriadol. Yn esiampl yn wir. Roedd cyflymdra'r ras rhyngddyn nhw yn golygu fod yn rhaid iddyn nhw neud penderfyniadau sydyn iawn heb oedi o gwbwl. Fe wnaeth Gwion gamgymeriad yn y diwedd, ond roedd Ceridwen yn llawer mwy profiadol, wrth gwrs.

Gobeithio na fydd rhaid i ti byth weddnewid ar y fath gyflymdra. Fel rheol, mae'n broses bur hamddenol.'

'Fe ddwedest ti fod gynnon ni reolaeth lwyr ar y broses. Ond dydi hynny ddim yn wir. Cafodd Gwion ei orfodi i weddnewid er mwyn dianc o grafanga Ceridwen.'

'Ei ddewis o oedd hynny. Gallai fod wedi sefyll ei dir a wynebu cynddaredd Ceridwen.'

'Gallai, mae'n debyg. Ond mae ei wylio fo a Ceridwen wedi fy ngneud i'n llawer mwy hyderus ynglŷn â'r syniad o weddnewid. Os medrodd Gwion Bach berfformio mor dda heb ddim profiad o gwbwl mae'n siŵr y medrwn i neud yn well o lawer ar ôl rhywfaint o hyfforddiant. Ond mae 'na un cymeriad truenus yn y stori ac mae gen i biti calon drosto fo.'

'Pwy felly?'

'Morfran, mab Ceridwen. Fe gafodd o andros o gam. Be ddaeth ohono fo?'

'Mi ddaeth yn gyfrifydd.'

'Go iawn?'

'Naddo, siŵr iawn. Fe ddaeth o'n rhyfelwr o fri. Roedd o mor hyll fel y byddai'n dychryn ei holl elynion i ffwrdd. Roedden nhw'n meddwl ei fod o'n ymgnawdoliad o'r Diafol. Rwy'n meddwl ei fod o'n un o'r ychydig a ddihangodd yn fyw o frwydr Camlan.'

'Mae'n biti drosto fo, beth bynnag.'

5

Ymhen rhai wythnosau gallai Myrddin weld fod y mochyn yn barod ac yn eiddgar am ei wers gyntaf ar sut i weddnewid.

'Wyt ti'n nerfus?'

'Dim felly,' atebodd y mochyn yn dalog. 'Wyt ti?'

'Paid â bod mor bowld. Ond mi ydwi braidd yn nerfus fel mae'n digwydd. Rydwi wedi hen arfar helpu bodau dynol i droi'n anifeiliaid, ond nid troi anifeiliaid yn fodau dynol.'

'Wyt ti'n siŵr dy fod di'n gwybod be wyt ti'n ei neud?'

'Ydw i wedi gneud niwed iti neu gam â thi erioed?'

'Naddo, ond mae 'na dro cynta i bopeth.'

'Tyrd rŵan. Bydd popeth yn iawn. Ond yn gynta oll rhaid imi ddatgelu iti dy fformiwla arbennig bersonol dy hun. Rhyw fath o gyfrinair ydi hwn sydd yn rhaid iti ei ddeud deirgwaith yn ddistaw yn dy ben cyn iti ddechra gweddnewid. Mae'n fformiwla hynod o gyfrinachol, a phaid byth â gadael i neb arall ei gwybod, neu fe allent neud niwed iti. Petai dewin drwg yn dod i wybod y fformiwla gallai fod yn hynod o beryglus. Does neb i wybod y gyfrinach heblaw chdi a fi.'

'Ond os ydi'r fformiwla mor gyfrinachol, sut wyt ti'n ei gwybod?'

'Am fy mod yn ddewin, ac yn un da, cofia, ac am fod Tynged wedi dy ymddiried di i mi ofalu amdanat ti. Rydwi *in loco parentis*, fel petai.'

Plygodd Myrddin i lawr a sibrwd rhywbeth yng nghlust y mochyn. 'Fedri di gofio hynna?'

'Medra, siŵr iawn. Ydan ni'n barod i gychwyn rŵan? Rwy'n cymryd fy mod am droi'n fod dynol.'

'Dyna'r syniad. Rydwi'n gobeithio y byddi di'n gweddnewid i fod yn fachgen ifanc mewn munud. Ond mae'n rhaid iti ganolbwyntio'n gyfan gwbwl ar y dechra er mwyn gofalu fod y gweddnewid yn hollol gyflawn. Wyt ti'n barod? Dywed y fformiwla yn ddistaw yn dy ben deirgwaith a chanolbwyntia ar droi'n ddynol.'

Gwyliodd Myrddin y mochyn yn ofalus. Gallai weld ei wefusau'n symud, felly roedd yn amlwg yn dweud y cyfrinair hud yn ei ben. Yn sydyn rhoddodd wawch, a gwyddai Myrddin ei fod wedi teimlo sioc drydan fach. Yna gwelodd y mochyn yn diflannu a llanc ifanc hardd yn ymddangos yn ei le.

Rhoddodd y llanc floedd orfoleddus. 'Anhygoel! Mae wedi gweithio, 'dydi?'

'Fwy neu lai,' meddai Myrddin â rhyw wên fach gam.

'Be wyt ti'n ei feddwl wrth "fwy neu lai"? Rydwi'n gallu gweld fy holl gorff ac mae'n edrach yn hollol ddynol i mi.'

'Fedri di ddim gweld dy gefn, na fedri?'

'Na fedra. Wel?'

'Piti am y gynffon gyrliog. Difetha'r effaith braidd.'

Edrychodd y llanc fel petai ar fin crio. Chwarddodd Myrddin. 'Rargian fawr! Paid â phoeni am hynna. Dim problem.' Chwifiodd ei wialen hud a diflannodd y gynffon.

'Roedd honna'n ymdrech ardderchog ac ystyried mai dyma'r tro cynta iti drio gweddnewid. Mae'n hollol naturiol cael camgymeriada fel'na ar y dechra. Rydwi wedi gweld petha llawar gwaeth. Fe wnaeth un o facwyaid Arthur lanast llwyr. Er mwyn iddo ddŵad i ddallt ei geffyl yn well, ceisiais ei gael o i weddnewid yn ebol. Roedd o wedi cynhyrfu gymaint fel y methodd â chanolbwyntio o gwbwl. O ganlyniad, llwyddodd i gael mwng, carnau a chynffon ceffyl ond arhosodd y gweddill ohono yn ddigyfnewid. Yn ei fraw collodd ei lais a safodd yno yn gweryru. Felly, fe weli di nad oedd rhyw bwt bach o gynffon gyrliog yn broblem o gwbwl. Rŵan, sut wyt ti'n teimlo?'

'Dipyn bach yn simsan. Yn wahanol.'

'Rwyt ti'n sicr yn edrych yn wahanol. Rwyt ti'n llanc ifanc golygus iawn, rhaid deud.'

'Ydw, reit siŵr,' meddai'r bachgen â gwên fach fodlon. 'Doedd o ddim mor anodd â hynny. Dim ond rhyw deimlad o bigiada bach fel pinna dros fy nghorff i. Mae'n rhyfadd iawn sefyll ar fy nhraed ôl.'

'Cofia mai bod dynol wyt ti ar hyn o bryd. Nid dy

draed ôl ydi rheina ond dy unig draed. Mae gen ti freichia rŵan yn lle dy goesa blaen.'

'Ew, oes. A dwylo hefyd! Maen nhw i weld yn llawer mwy defnyddiol na thraed mochyn,' meddai'r bachgen gan agor a chau ei ddwylo a chwifio ei freichiau. 'Tybed a fyddai'n bosib imi ddysgu sut i sgwennu pan ydwi ar ffurf ddynol?'

'Mae'n bur debyg y medrwn ni drefnu hynny.'

'Ond, Myrddin, mae 'na un broblem go fawr.'

'Be felly?'

'Rydwi'n noeth.'

'Roeddwn i wedi sylwi.'

'Ond gallai hynny fod yn anodd.'

'Gallai. Dipyn yn lletchwith, te?'

'Paid â phryfocio. Helpa fi!'

'Paid titha â chynhyrfu. Does neb yn dy weld di yn fa'ma. Cyn bo hir byddi di'n medru gweddnewid i fod â dillad addas amdanat dim ond iti ganolbwyntio ddigon. Ond mae hyn yn ddigon am heddiw. Falla nad wyt ti ddim yn sylweddoli, ond mae gweddnewid yn broses sy'n galw am gryn egni a rhaid peidio â gor-wneud petha ar y dechra. Fe rown gynnig arni bob yn ail ddiwrnod nes iti fedru newid yn rhwydd, a rŵan fe gei di droi'n ôl yn fochyn unwaith eto.'

'Ond dwn i ddim sut.'

'O, mae'n ddrwg gen i. Anghofiais esbonio. Y cwbwl sy'n rhaid iti ei neud yw adrodd y fformiwla am yn ôl deirgwaith a chanolbwyntio ar adfer dy ffurf wreiddiol. Fedri di neud hynna?'

Caeodd y bachgen ei lygaid yn dynn, a gallai Myrddin weld rhyw gryndod bach yn dod drosto. Yna diflannodd. Safai'r mochyn bach cyfarwydd yn ei le.

'Hawdd fel baw,' meddai'n jarfflyd.

'Da iawn. Mae gen ti ddawn naturiol.'

'Oes, debyg iawn,' atebodd y mochyn.

Aeth wythnosau, misoedd, o bosib flynyddoedd, heibio. Gan eu bod yn anfarwol nid amharai treiglad amser ryw lawer ar y dewin a'r mochyn. Ond roedd y mochyn wedi sylwi fod Myrddin yn llawer hapusach a thawelach ynddo'i hun. Roedd wedi rhoi'r gorau i grwydro'n gynhyrfus o gwmpas y caban gydol y nos. Yn lle ei riddfannau a'i aflonyddwch gynt gorweddai'n dawel yn ei wely bach tan y wawr.

'Rwyt ti'n teimlo'n well, 'dwyt?' meddai'r mochyn.

'Gwell na be?'

'Gwell nag roeddat ti o'r blaen.'

Hyd yn hyn nid oedd y mochyn erioed wedi trafod ei ymddygiad rhyfedd gyda'r dewin. Er nad oedd yn arbennig o sensitif o ran natur, petrusai godi'r mater. Ond gan fod Myrddin gymaint tawelach mentrodd ofyn yn betrus, 'Wyt ti wedi bod yn wallgo, Myrddin?'

'Tybed allet ti aralleirio'r cwestiwn 'na yn fwy caredig?'

'Ychydig yn ansad dy feddwl, ella?'

'Dyna welliant. Rhaid cyfadda fy mod i wedi bod drwy gyfnod pur anodd.'

'Be ddigwyddodd?'

'Fe ddaw yna amsar pan fydd pobol yn dallt y petha 'ma'n well ac yn rhoi enw ffeindiach arnyn nhw.'

'Be felly?'

'Anhwylder straen ôl-drawmatig. Mae'n gyffredin mewn pobol sydd wedi diodda erchylltera rhyfal.'

'Fuost ti mewn rhyfal, Myrddin?'

'Fe fûm i mewn brwydr arswydus yn Arfderydd. Roeddwn i wedi drysu'n llwyr wedyn. Dim dirnad o amsar na lle. Fe fûm i'n crwydro o gwmpas y goedwig 'ma yn hollol ddi-glem nes imi setlo yn fa'ma yn y diwadd.'

'Ac yna fe ddes i i mewn i dy fywyd.'

'Do, a diolch am hynny. Mae dy gwmni di wedi bod o gymorth mawr imi ac wedi gneud llawer i hyrwyddo fy iachâd. Rwyt ti'n gysur mawr imi, fy ffrind.'

'Ydw, reit siŵr. Ond rhaid imi gyfadda dy fod wedi fy nychryn i lawer gwaith pan oeddat ti ar dy waetha. Mi fyddet ti'n rhefru a rhuo drwy'r nos ar adega.'

'Fyddwn i?' gofynnodd Myrddin â diddordeb. 'Be fyddwn i'n ei ddeud?'

'Roeddat ti'n mwydro gryn dipyn, a fedrwn i mo dy ddilyn di bob amsar. Ond amball dro fe fyddet yn fy nghyfarch i'n bersonol. Bob amsar â'r un geiria. Fe fyddet yn deud "Oian a porchellan" drosodd a throsodd. Ac mi wn i ystyr y geiria 'na rŵan, er eu bod nhw'n swnio braidd yn ddiarth. Cymraeg ydyn nhw, ynte? Cymraeg ydi'r iaith rydan ni'n ei siarad, ynte, Myrddin?'

'Cymraeg Cynnar. Na, mae'n debyg mai Cymraeg Canol ydi hi bellach. Dwn i ddim, wir. Mae rhywun yn colli cownt ar y blynyddoedd pan mae o wedi bod yn yr hen fyd 'ma cyhyd â fi. Falla y bydd hi'n Gymraeg Modern cyn hir.'

'Ystyr "Oian a porchellan" ydi "Henffych, fochyn bach", ynte, Myrddin?'

'Ie, ti'n iawn. Pam ar y ddaear roeddwn i'n siarad mewn ffordd mor annaturiol yn fy nryswch, sgwn i? Ond aros funud. Rydwi'n meddwl fod y geiria yna wedi datrys fy mhroblem i.'

'Pa broblem?'

'Y broblem o gael enw i ti. Fedra'i ddim cyfeirio atat ti fel "Mochyn" am byth. Mae mor amhersonol.'

'Pam lai? Dyna ydwi, ynte?'

'Be?'

'Mochyn.'

'Ia, mi wn i hynny, ond pan ei di allan i'r byd, fedrith pobol ddim dy gyfarch di fel "Mochyn", yn enwedig os byddi di wedi gweddnewid i ffurf ddynol. Rydwi wedi bod yn pendroni am hydoedd am enw addas iti, ond chefais i ddim ateb gan fy mhwerau hud, heblaw y byddai'r enw yn cael ei ddatgelu imi ryw ddiwrnod ac y byddwn yn gwybod ar unwaith mai hwnnw oedd yr enw iawn.'

'Ac ydi'r weledigaeth ryfeddol 'ma wedi ei datgelu rŵan?' gofynnodd y mochyn braidd yn wawdlyd.

'Ydi, fel mae'n digwydd, yn y geiria ddeudist ti funud yn ôl.'

'Pa eiria yn hollol?'

'Y gair "Porchellan". Mae'n wych, 'dydi? Mae'n llifo o'r genau yn hyfryd.'

'Be! Dwyt ti erioed yn mynd i fy ngalw i'n "Porchellan", wyt ti? Mae'n dipyn o lond ceg, 'dydi? A byddai'n anodd iawn i'r Saeson ei ynganu.'

'Dim ots am hynny. Bydd yn rhaid iddyn nhw ddysgu.'

'Wela'i ddim llawer o wahaniaeth rhwng "Mochyn" a "Porchellan" fel enw. Yr un ydi'r ystyr wedi'r cwbwl.'

'Ia, ond dydi o ddim mor amlwg rywsut, ac mae'n swnio'n fwy deniadol i'r glust. Rhaid deud fy mod i'n ei weld o'n enw dymunol iawn. Enw ystyrlon ac addas. Porchellan fydd dy enw di o hyn ymlaen.'

'Os oes raid,' meddai'r mochyn gydag ochenaid.

6

Teimlai Porchellan gryn ryddhad ar ôl cael y sgwrs am iechyd meddwl Myrddin, ond teimlai fod rhywbeth yn dal i boeni'r hen ŵr.

'Wyt ti'n siŵr dy fod yn well go iawn, Myrddin?' gofynnodd yn bryderus. 'Rydw i'n teimlo rywsut fod rhywbath ar dy feddwl di o hyd.'

'Rydwi'n well o ran fy iechyd, ond mae hynny ynddo'i hun yn codi rhai problema i ni'n dau.'

Edrychodd Porchellan yn nerfus ar ei hen ffrind. 'Pa fath o broblema?'

'Rŵan fy mod i gymaint yn well fedra'i ddim gohirio mynd yn ôl at y Brenin Arthur am lawer mwy.'

'Mae'n edrach fel petai o wedi llwyddo'n reit dda drwy'r blynyddoedd heb dy help di.'

'Dim mewn gwirionedd. Mae o fy angen i, wsti. Mae o angen fy nghyngor i a'm cyfeillgarwch.'

'Beth amdanaf i? Rydw i eu hangen nhw hefyd,' meddai'r mochyn braidd yn bwdlyd.

'Mae Arthur yn mynd drwy gyfnod anodd. Mae o'n poeni am ymddygiad y Frenhines Gwenhwyfar.'

'Pam? Be mae hi wedi'i neud?'

'Dim ots,' meddai Myrddin braidd yn swta. 'Rwyt ti'n rhy ifanc i wybod am betha fel'na.'

'Mi fedra'i ddysgu. Wyt ti'n dal i fod mewn cysylltiad ag Arthur, felly?'

'Wrth gwrs. Yn gyson.'

'Wyt ti am fynd yn ôl i'r Llys.'

'Ydw. Roedd Tynged wedi penderfynu y byddwn yn mynd yn ôl yno wedi imi fendio'n iawn. Yno mae fy nghartref i mewn gwirionedd. Noddfa dros dro ydi'r lle yma.'

'*Pros Kairon*, ia?'

'Rhywbath felly. Yn y Llys mae fy mhetha pwysig i – fy labordy a'r rhan fwya o fy llyfra.'

'Rargian! Oes gen ti ragor o lyfra? Roeddwn yn meddwl eu bod nhw i gyd yma yn y caban.'

'Nac'dyn, siŵr iawn. Dim ond y rhai rydwi'n eu defnyddio amla.'

'Sut ddaru nhw ddŵad yma? Dydwi ddim yn dallt hynny. Os oeddat ti'n crwydro o gwmpas y goedwig wedi drysu'n llwyr ar ôl y frwydr 'na, go brin dy fod di'n llusgo cannoedd o lyfra o gwmpas y lle.'

'Nac oeddwn, debyg iawn. Ond mae'r atab yn syml. Hynny yw, os wyt ti'n ddewin. Y cwbwl sy'n rhaid imi ei neud ydi deud y swyn galw ac mi ddaw unrhyw lyfr ata' i yma o'r llyfrgell yn y Llys.'

'Dydwi erioed wedi gweld llyfr yn hedfan drwy'r awyr, ac eto mae 'na lawar mwy o lyfra yma rŵan nag oedd 'na pan ddois i yma yn gynta.'

'Ah, dyna ogoniant hud a lledrith yn nwylo arbenigwr medrus,' meddai Myrddin â gwên fach slei.

'Sut le sydd yn Llys Arthur? Fydda'i'n mynd yno efo chdi?' gofynnodd Porchellan yn llawn cynnwrf.

'Na fyddi. Ddim ar y dechra, ond fe ddaw'r amsar pan fydda'i yn dŵad i dy nôl di ac fe gawn ni fod gyda'n gilydd eto.'

'Pa bryd fydd hynny?'

'Dwn i ddim eto. Ond fe fydd yn digwydd.'

Teimlai Porchellan yn benisel iawn.

'Doeddwn i ddim wedi sylweddoli y byddai'n rhaid iti fy ngadael i. Roeddwn wedi gobeithio y cawn inna fynd i weld Llys Arthur. Rydwi wedi darllen cymaint amdano fo a'i farchogion a'u holl anturiaetha.'

'Fe fyddi di'n cael dy anturiaetha dy hun. Ond mae'n bryd iti ddysgu mwy am y byd mawr, ehangu dy orwelion, dŵad i adnabod pobol a dŵad i wybod be 'di be. Wedi'r cwbwl, mae 'na lawer mwy i'r byd na Choed Celyddon, wsti.'

'Pa bryd fyddi di'n mynd, Myrddin?'

'Cyn bo hir, ond mae gen ti lawer o betha i'w dysgu cyn hynny.'

'Be fydd yn digwydd i mi wedi iti fynd?'

'Fe fyddi di'n iawn. Mi fydda'i yn cadw golwg arnat ti yn fy mhelen hud. Ddaw dim niwed iti. Fe fyddi di'n mynd allan i'r byd ac yn cyflawni petha mawrion.'

'Byddaf, reit siŵr,' meddai'r mochyn.

'Mae dyfodol disglair o dy flaen. Chdi yw Mochyn Tynged.'

'Be mae hynny'n ei olygu, Myrddin? A be yn hollol ydi Tynged? Rwyt ti'n sôn amdani'n amal, ond does gen i ddim syniad be ydi hi mewn gwirionedd. Weithia rwyt ti'n cyfeirio ati fel petai hi'n ferch, neu hyd yn oed yn dduwies.'

'Dyna sut mae rhai pobol yn ei gweld hi. Roedd y Groegiaid a'r Rhufeiniaid yn dychmygu'r Tynghedau fel tair duwies a oedd yn dirwyn edafedd einioes pob meidrolyn o'r groth hyd y bedd. Yn bersonol, dwn i ddim a yw Tynged yn rhyw fath o dduwies neu beidio, ond mae hi'n sicr yn real iawn ac yn hynod o bwerus. Ac mae'n amlwg fod ganddi ddiddordeb mawr ynot ti.'

'Dwn i ddim a ydw i'n lecio'r syniad yna.'

'Mae'n rhywbeth y mae'n rhaid inni i gyd ei dderbyn. Mae Tynged yn golygu y bydd petha penodol yn digwydd i ddyn, ac i fochyn, sydd y tu hwnt i'w rheolaeth nhw.'

'Ydi hynna'n beth drwg?'

'Dim o anghenraid, ond os oes tynged arnat ti fe all dy gyfyngu di i radda ar adega. Anodd cynllunio ar gyfer y dyfodol.'

'Fedrith rhywun newid ei dynged?'

'Dim ond i ryw radda. Mae petha wedi eu pennu'n bur gaeth ar y cyfan.'

'A minnau yn ei chanol hi. Truan o dynged a dyngwyd i Borchellan o'r nos y ganwyd ef. Mi wn i rŵan sut oedd Llywarch Hen yn teimlo,' meddai'r mochyn gydag ochenaid.

Roedd yr wythnosau nesaf yn hynod o brysur.

'Mae gen i gymaint o betha i'w dysgu iti cyn imi fynd,' meddai Myrddin.

'Ond roeddwn i'n meddwl fy mod yn hollwybodus.'

'Dim eto. Mi fyddi di ryw ddiwrnod ond mae'n cymryd amser ac ymdrech. Un o'r sgilia mwya defnyddiol y bydd yn rhaid iti ei meistroli yw sut i symud drwy ofod ac amser yn rhwydd.'

'Fel y gwnest ti pan aethom ni i weld Ceridwen a Gwion Bach, ia?'

'Dyna ti. Rwyt ti eisoes wedi derbyn y gallu i drawsymud wrth iti yfed y ddiod hud, ond mae'n rhaid imi ddangos iti sut i neud y peth yn iawn er mwyn iti fedru ei ddefnyddio pan fydda' i wedi mynd.'

'Doedd hi ddim yn broses gysurus iawn os ydwi'n cofio. Roeddwn i'n teimlo'n eitha sâl pan oeddem ni'n chwyrlïo drwy'r gofod.'

'Dydi hud a lledrith ddim yn gyfforddus bob amser, ond fe ddoi di i arfar.'

'Pam mae trawsymud mor bwysig?'

'Mae'n arbed amser yn ogystal â chosta trên a bws.'

'Dim rhaid inni boeni am rheiny am rai canrifoedd, ond galla'i weld y byddai' n gyfleus iawn medru trawsymud ar frys petawn i mewn rhyw bicil neu berygl. Fedrwn i ei neud o rŵan?'

'O, na. Bydd yn rhaid iti gael rhywfaint o wersi.'

'Rywsut roeddwn i'n gwybod dy fod di am ddeud hynna.'

Rhyw ddiwrnod neu ddau yn ddiweddarach dyma

Myrddin yn dweud, 'Well inni ddechra ar y busnas trawsymud 'ma.'

'Ydi o'n anodd?'

'Dim o gwbwl. I ddeud y gwir, mae'n dipyn haws na gweddnewid. Ond mae hyn hefyd yn gofyn am ganolbwyntio a gofal.'

'Os ydi o mor hawdd, pam nad wyt ti ddim wedi fy nysgu i sut i drawsymud cyn hyn? Pam na wnest ti ddim dysgu imi drawsymud cyn gweddnewid?'

'Am fod arna'i ofn y byddet yn cael dy demtio i drawsymud i rywla cyn fod gen ti'r aeddfedrwydd a'r profiad i ddelio â'r canlyniada. Gallet fod wedi mynd ar goll neu lanio yn rhywla peryg. Rŵan dy fod yn medru gweddnewid fe fyddi di'n fwy diogel fel llanc ifanc 'tebol nag fel mochyn bach. Ond cofia, ni ddylid cymryd trawsymud yn ysgafn dim mwy na gweddnewid. Dim chwara plant ydyn nhw.'

'Dydwi erioed wedi camddefnyddio fy ngallu i weddnewid, Myrddin.'

'Naddo, mi wn i hynny, ngwas i. Rwyt ti bob amsar wedi bod yn gyfrifol iawn. Fe wn i am lawer i facwy a achosodd helynt go ddrwg drwy gamddefnyddio ei bwerau. Ond bydd yn rhaid iti ddysgu sut i drawsymud fel mochyn ac fel bod dynol gan na wyddost ti ar ba ffurf y byddi di pan ddaw'r angen i neud hynny. Gan dy fod ar dy ffurf naturiol ar hyn o bryd cei ddysgu sut i drawsymud fel mochyn yn gynta. Tyrd rŵan. Fe rown ni gynnig arni yn yr ardd. Mae angan dipyn o le.'

'Oes raid imi gael fformiwla hud ar gyfer hyn hefyd?'

'Nac oes. Y cwbwl sy'n rhaid iti ei neud yw ailadrodd deirgwaith enw'r fan rwyt am symud iddi, a chanolbwyntio'n llwyr.'

Erbyn hyn roeddent yn yr ardd gefn. Pwyntiodd y dewin at y gwely bresych. 'Rŵan dweda "I Wely Bresych Myrddin" deirgwaith a cheisia ddychmygu dy hun yn glanio yn fanno.'

Ailadroddodd Porchellan y geiriau a diflannu. Eiliad yn ddiweddarach ailymddangosodd ar ei wyneb ar y llwybr, wedi symud prin lathen.

'Ow! Doedd hynna ddim yn dda iawn, nac oedd, Myrddin?'

'I'r gwrthwyneb. Dydi'r rhan fwyaf o ddysgwyr ddim yn llwyddo i symud modfedd ar y cynnig cyntaf. Treia eto. Rhaid iti ganolbwyntio'n llwyr a phaid â gadael i dy feddwl grwydro am eiliad.'

Canolbwyntiodd Porchellan yn galed a llwyddodd i gyrraedd o fewn rhyw droedfedd i'r gwely bresych.

'Go dda,' gwaeddodd Myrddin. 'Unwaith eto!'

Y tro hwn aeth y mochyn dros ben y gwely bresych a phlymio'n bendramwnwgl i mewn i'r domen.

'Ych a fi! Am lanast! Rydwi'n drybola! Be ddigwyddodd?'

'Roeddet ti braidd yn orawyddus,' meddai'r dewin, gan chwifio ei wialen hud i lanhau'r mochyn. 'Mae'n rhaid iti roi rhyw fath o frêc ar dy feddwl pan wyt ti'n cyrraedd dy nod neu fe allet frifo neu hyd yn oed fynd ar goll. Fe roddwn y gora iddi rŵan a rhoi cynnig arall fory.'

Drannoeth llwyddodd Porchellan i lanio'n dwt yng nghanol y gwely bresych heb sigo'r un fresychen. Bu'n rhaid iddo wneud yr un peth chwe gwaith nes roedd Myrddin yn hollol fodlon.

'Ardderchog,' meddai'r dewin. 'Rhaid deud dy fod yn dysgu petha yn gyflym iawn.'

'Wrth gwrs,' meddai'r mochyn.

'Falla y gallwn ni fod yn fwy anturus y tro nesa. Mentro ychydig ymhellach.'

Ymhen rhyw ddeuddydd dyma Myrddin yn gofyn, 'Wyt ti'n barod i drio trawsymud eto?'

Nodiodd y mochyn yn frwdfrydig. Aethant allan drwy'r ardd ac i fyny'r gefnen fach o flaen caban Myrddin.

'Dyma lle roeddwn i'n stryffaglio drwy'r eira ar y noson ofnadwy 'na pan wnes i dy weld di gynta.'

'Rydwi'n cofio'r cwbwl yn dda iawn. Roedd hi'n noson ffodus i'r ddau ohonom.'

'Oedd. Fe wnest ti achub fy mywyd i.'

'Ac mi wnest titha liniaru fy unigrwydd a rhoi pwrpas i fy mywyd inna.'

'Petaet ti heb fy achub i fe fyddwn wedi marw o'r oerfel neu gael fy llarpio gan y bleiddiaid.'

'Mae'n anodd gen i gredu hynny. Rwy'n tybio fod Tynged yn cadw golwg arnat ti hyd yn oed bryd hynny ac mai hi a'th arweiniodd di ataf fi.'

Roeddent ar ben y gefnen bellach.

'Be nesa?' gofynnodd y mochyn.

'Mae'r arbrawf yma am fod ychydig yn fwy anodd. Yn gynta rydwi am iti weddnewid yn fachgen ac yna drawsymud yn ôl i mewn i'r caban.'

'Ew, mae hynna'n bell ac i lawr allt serth, heb sôn am orfod gweddnewid yn ogystal.'

'Mi fedri di ei neud o, os cedwi di dy ben.'

Llwyddodd Porchellan i weddnewid yn ddidrafferth. Yna caeodd ei lygaid a diflannu. Prysurodd Myrddin yn ôl i'r caban i ddisgwyl amdano. Aeth rhai munudau heibio, ond doedd dim golwg o unrhyw fachgen na mochyn. Rhuthrodd Myrddin yn bryderus i'r ardd gefn gan alw enw Porchellan. Dim siw na miw. Roedd yr hen ŵr wedi cynhyrfu'n lân. Aeth yn ôl i mewn i'r caban a thynnu ei belen hud o'r cwpwrdd. Rhoddodd ochenaid fawr o ryddhad. Yn y belen gallai weld Porchellan yn eistedd ar lawr yn edrych yn bur ddryslyd y tu allan i hen furddun blêr.

'Brensiach y brain! Sut ar y ddaear aeth o i fanna?'

Ymhen eiliad neu ddau synnodd Porchellan weld Myrddin o'i flaen, braidd yn fyr ei wynt.

'Sut ddoist ti yma?'

'Yr un ffordd â chdi, wrth gwrs. Trwy drawsymud.'

'Ond sut ddaethost ti o hyd imi?'

'Rydwi'n ddewin. Cofio?'

'Ble rydan ni, beth bynnag? Ydan ni ar goll? Mae 'na ryw fath o gaban yma ond nid un ni ydi o.'

'Ar goll? Go brin. Dydi dewin byth ar goll. Rydan ni wrth hen gaban coedwigwr ar gyrion y goedwig.

Rydan ni tua phum milltir o'n caban ni. Ond dwn i ddim sut na pham y daethost ti i fa'ma.'

Gwridodd Porchellan. 'Arna' i mae'r bai. Pan oeddwn yn deud y cyfeiriad, y cwbwl ddwedes i oedd "I'r Caban". Fe ddylwn i fod wedi deud "I Gaban Myrddin", mae'n debyg.'

'O, dyna ddigwyddodd, ia? Arna' i mae'r bai, felly. Fe ddylwn i fod wedi pwysleisio mor bwysig ydi bod yn hollol fanwl wrth ddeud y cyfeiriad. Dim ots. Mae popeth yn iawn. Rwyt ti'n saff, a dyna sy'n bwysig. Ac fe lwyddaist i drawsymud bum milltir, sy'n dipyn o gamp. Hen dro dy fod wedi mynd i'r cyfeiriad anghywir. Cofia yn y dyfodol. Union leoliad. Tyrd. Rho dy law imi ac fe drawsymudwn adra gyda'n gilydd.'

Ar ôl y diwrnod hwnnw aeth Porchellan o nerth i nerth. Daeth yn hynod fedrus ar drawsymud fel mochyn ac fel bod dynol. Aeth ei lwyddiant ychydig i'w ben a dechreuodd obeithio y byddai Myrddin yn dysgu rhai sgiliau hud a lledrith mwy cymhleth iddo.

'Wyt ti'n mynd i ddysgu rhai swynion imi cyn iti fynd i ffwrdd, Myrddin?'

'Mae'n ddrwg gen i, ngwas i. Fedra'i ddim gneud hynny. Y cwbwl fedra'i ei neud ydi caboli'r sgilia a roddodd y ddiod hud iti. Petha fel trawsymud a gweddnewid, sgilia a allai fod o gymorth i dy gadw di'n ddiogel. Fedra'i ddim datgelu fy mhwerau hud i unrhyw ddyn ... na mochyn. Mae rhywun yn gorfod cael ei eni'n ddewin. Mae llawer gormod o ddewiniaid wedi anghofio hyn ac wedi mynd i gryn helbul trwy geisio hyfforddi prentis i'w helpu. Coelia fi, dydi o ddim yn gweithio fel'na. Ond rwyt ti wedi dysgu sgilia eraill hynod o ddefnyddiol, wsti. Rwyt ti'n gwybod am rinwedda gwahanol blanhigion a all fod o fudd mawr iti rywbryd. Nid trwy hud y dysgais i'r sgilia hynny ond drwy sylwi, arbrofi a synnwyr cyffredin. Rydwi wedi rhoi'r sgilia yna i ti, yn ogystal â'r holl wybodaeth rwyt ti wedi ei chasglu trwy ddarllen a thrafod. Ond hyd yn oed petaet ti'n gafael yn fy ngwialen hud i ac yn ailadrodd y swynion air am air, fyddai dim byd yn digwydd. Nid i ti nac i neb arall sydd heb ei bennu gan Dynged i fod yn ddewin. Chdi yw Mochyn Tynged, ond fedri di byth fod yn ddewin.'

Roedd Porchellan braidd yn siomedig o ddeall nad oedd y ffaith y byddai ryw ddydd yn hollwybodus hefyd yn cynnwys meistrolaeth ar hud a lledrith. Ond gyda'i hunanhyder a'i frwdfrydedd arferol, teimlai ei fod erbyn hyn yn fwy na pharod i adael Coed Celyddon a mentro allan i'r byd mawr. Yn wir, roedd yn awchu am ryddid a'r cyfle i weld y byd.

Daeth y diwrnod i Fyrddin ymadael am Lys Arthur.

'Ew, mi fydda'i'n dy golli di,' meddai'r dewin gan sychu deigryn o'i lygaid â blaen ei farf.

'Byddi, reit siŵr.'

'Mi fydda'i n colli ein sgyrsia difyr.'

'Ia. Fe fydd yn anodd iawn iti ddŵad o hyd i rywun sy'n medru sgwrsio mor ddeallus, mae'n debyg.'

'Cymer ofal ohonot dy hun. Cofia fyhafio. Bod yn gwrtais. Treia fagu rhywfaint mwy o sensitifrwydd a gwyleidd-dra os medri di. Paid â dangos dy hun gymaint. Fe fyddi di'n cyfarfod pobol sydd yr un mor glyfar â chdi.'

'Go brin,' meddai'r mochyn dan ei wynt.

Aeth Myrddin yn ei flaen, 'Dysga gymaint ag y medri di, dos i weld cymaint o lefydd ag y medri di, dŵad i nabod pob math o wahanol bobol. Wrth neud hyn fe fyddi'n paratoi dy hun ar gyfer yr amsar pan ddo' i dy nôl di i fynd i Lys Arthur.'

'Diolch am bob dim. Ta-ta,' meddai'r mochyn.

Mwythodd yr hen ŵr ben y mochyn yn gariadus. 'Ffarwél, ngwas bach annwyl i. Os bydd arnat ti fy angan i unrhyw bryd, does dim ond rhaid iti alw arna'i ac mi ddo' i'n syth atat ti lle bynnag y byddi di.'

Gyda'r geiriau hyn, diflannodd Myrddin.

7

Treuliodd Porchellan y ganrif neu ddwy nesaf yn teithio o gwmpas, yn bennaf ar ffurf ddynol, er na cheisiodd erioed gelu ei wir natur oddi wrth ei ffrindiau agosaf. Yn gyntaf, bu'n astudio yn Rhydychen a Chaergrawnt, cyn ymuno â chriw o fyfyrwyr crwydrol, neu *clerici vagantes* fel y dewisai ef gyfeirio atynt. Crwydrodd ledled Ewrop yn eu cwmni. Bu'n astudio yn y prifysgolion mawr canoloesol ym Mologna, Salamanca, Padua, Valladolid a Phrâg. Llowciodd ramadeg, rhethreg, rhesymeg, seryddiaeth a sawl disgyblaeth arall yn frwdfrydig. Cynyddodd ei wybodaeth o lam i lam. 'Braidd fel ei ego,' oedd sylw un o'i diwtoriaid. Ac yn awr roedd wedi cyrraedd Paris.

Un diwrnod roedd yn eistedd ar lannau'r Seine gyda'i ffrind Simon. Sais oedd Simon a anfonwyd i Baris gan ei dad yn y gobaith y byddai'r profiad yn ehangu rywfaint ar ei orwelion.

'Wyt ti'n iawn?' gofynnodd Simon. 'Rwyt ti'n edrach dipyn yn bethma.'

'Rydwi wedi laru braidd,' cytunodd Porchellan. 'Be sydd ar ôl imi ei neud? Rydwi wedi bod ym mhobman, wedi astudio popeth ac yn rhugl yn holl brif ieithoedd Ewrop.'

'Ti'n lwcus,' meddai Simon. 'Leciwn i fedru deud yr un peth!'

'Bob diwrnod rydwi'n clywad pobol yn siarad Lladin, Ffrangeg, Saesneg, Almaeneg, ond byth yr un iaith yr hoffwn ei chlywad yn fwy na phob un arall.'

'Pa iaith ydi honno?'

'Cymraeg, wrth gwrs.'

'Dydw i byth yn ei chlywad hi chwaith,' meddai Simon.

'Ond dim ots i chdi, nacdi, y twpsyn? Fyddet ti ddim yn ei dallt hi petaet ti yn ei chlywad hi.'

'Mae hynna'n wir.'

'Mae'r Gymraeg yn rhan annatod ohono'i,' meddai Porchellan. 'Mae ym mêr fy esgyrn, yn llifo drwy fy ngwythienna. Mae Cymru yn galw arna'i. Rydwi'n ei chlywad hi'n erfyn "Tyrd yn ôl, Porchellan".'

'Fedri di ddim mynd *yn ôl* fel y cyfryw, na fedri? Dwyt ti erioed wedi bod yng Nghymru o'r blaen, naddo? Roeddwn yn meddwl dy fod di wedi cael dy fagu ym mhen draw'r byd yn yr Hen Ogledd neu rywle.'

'Do, ond dydyn nhw ddim yn siarad Cymraeg yn fanno rŵan. Fe symudodd y cwbwl oll i lawr i Gymru. Dyna lle maen nhw'n siarad Cymraeg bellach. Rhaid imi fynd yno. Mi wn y ca' i groeso twymgalon gan y genedl.'

'Go brin. Does gynnon nhw ddim syniad pwy wyt ti,' meddai Simon.

'Mae hiraeth yn beth erchyll, wsti. Yn galonrwygol.'

'Be 'di hiraeth?'

'Rhyw fath o gyflwr mae'r Cymry yn ei gael braidd yn swnllyd. Gair anodd ei gyfieithu. Rhyw ddyhead dwys am rywbeth a gollwyd, ella. Paid â phoeni. Dwyt ti ddim yn debygol o'i gael o.'

'Pam ddim?'

'Am nad wyt ti ddim yn Gymro.'

'Diolch i Dduw am hynny,' meddai Simon dan ei wynt.

Anwybyddodd Porchellan y sylw hwn ac aeth yn ei flaen yn ddi-dor. Roedd rhyw dinc gorfoleddus i'w lais. 'Mae'r mynyddoedd yn galw arna'i. "Tyrd adra, Porchellan," meddan nhw. "Gad inni dy gofleidio di â'n breichiau cyhyrog, creigiog. Gad inni dy dynnu i'n mynwesau ysgythrog." '

'Nefoedd! Ydi mynyddoedd yn siarad fel'na yng Nghymru?'

'Fedra'i ddim aros yma ddim mwy. Mae'n rhaid imi ddychwelyd i Hen Wlad fy Nhadau. Wel, nid fy nhadau fel y cyfryw, ella. Mwy fel modrybedd ac ewythredd o bosib. Neu gyfyrderod,' ychwanegodd braidd yn llipa.

'Rwyt ti wedi ei chael hi'n o ddrwg. Wyt ti'n meddwl y dylet ti ofyn i'r apothecari dynnu rhywfaint o waed iti?'

'Paid â bod mor wirion. Dydi hynna ddim yn

gweithio, siŵr iawn. Roedd fy ffrind Myrddin wedi gwrthbrofi hynna ganrifoedd yn ôl. Na, mi fydda'i'n iawn os caf i fynd i Gymru. Mae arna'i isio cyfla o'r diwedd i lwyr ymdrochi yn y Pethe.'

'Pa betha?'

'Y Pethe. *P* fawr ac *e* ar y diwadd. Cerddoriaeth, barddoniaeth, llên gwerin … Pob dim sy'n dangos dy fod di'n Gymro, yn fochyn, diwylliedig.'

'Od, a deud y lleia.'

'Dim o gwbwl. Er enghraifft, dyna ti Gerdd Dafod, sef y mesura caeth mewn barddoniaeth. Mae angen i lythrenna un hannar o'r llinell gyfateb mewn gwahanol ffyrdd i'r llythrenna yn yr hannar arall.' Roedd Porchellan wedi meddwl dweud mai'r cytseiniaid oedd yn cyfateb, ond nid oedd yn siŵr a oedd Simon yn medru gwahaniaethu rhwng cytsain a llafariad. Doedd dim pwynt hyd yn oed grybwyll y fath beth ag odl.

'Dim ond llythrenna? Dim geiria?'

'Argol fawr! Mae'r llythrenna yn y geiria, debyg iawn,' meddai Porchellan ag ochenaid.

'Ydyn nhw'n gneud synnwyr?'

'Gan amla. Dim bob amsar. Fe lwyddais i i feistroli'r pedwar mesur ar hugain i gyd mewn dim o dro. Fe fyddan nhw'n erfyn arna'i i gymryd rhan mewn rhyw dalwrn neu'i gilydd byth a hefyd, mae'n debyg.'

'Be 'di "talwrn"?'

'Wel, yr ystyr llythrennol ydi rhyw fath o fuarth lle ceir ymladd ceiliogod.'

'Dydi ymladd ceiliogod ddim yn swnio'n ddiwylliedig iawn i mi.'

'Ond,' meddai Porchellan gan gario ymlaen yn ddi-fwlch, 'gan mai gornest ddwyochrog ydi ymladd ceiliogod, ymhlith y beirdd daeth "talwrn" i olygu cyfarfod hwyliog lle mae'r beirdd yn cystadlu â'i gilydd.'

'Hollol wallgo. Barddoni ar fuarth ceiliogod! Reit siŵr ei bod hi'n reit fudur dan draed, yn blu ac yn waed i gyd. Ych a fi! Be nesa?'

Caeodd Porchellan ei lygaid mewn gwewyr. 'Ac yna,' meddai, 'mae gynnon ni Gerdd Dant.'

'Ewadd! Oes 'na chwanag?' gofynnodd Simon yn nerfus.

Aeth Porchellan yn ei flaen yn dalog. 'Mewn Cerdd Dant mae'r delyn yn chwara un alaw a'r canwr yn canu alaw wahanol, rhyw fath o wrthalaw. Mae'n hyfryd. Rydwi'n gryn feistr ar y grefft, fel mae'n digwydd.'

'Wel, mae'n swnio'n llanast llwyr i mi. Ydyn nhw ddim wedi cael digon o amsar i ymarfer yr un alaw efo'i gilydd?'

'Mi wn i rŵan sut oedd Ofydd yn teimlo ymhlith y barbariaid,' ochneidiodd Porchellan.

'Be wyt ti'n mynd i neud ynghylch hyn i gyd?'

'Mae'n rhaid imi fynd i rywle lle mae'r iaith a'r diwylliant Cymraeg yn ffynnu, yn rhan gynhenid o fywyd beunyddiol y werin. Mae arna'i flys cael gwylia, beth bynnag. Rydwi'n meddwl yr a'i i Gaernarfon.'

'Ble ar y ddaear mae fanno?'

'Yng ngogledd-orllewin Cymru. Tre fach hyfryd rhwng mynyddoedd Eryri ac afon Menai. Lle delfrydol i gael seibiant bach a chyfla i fyw'n llwyr drwy gyfrwng y Gymraeg.'

'*Bon voyage*,' meddai Simon, i ddangos nad oedd ei flynyddoedd ym Mharis wedi bod yn wastraff llwyr.

8

Roedd Porchellan uwch ben ei ddigon yng Nghaernarfon. Ar ei deithiau roedd wedi ymweld â Chaerefrog, Avila a Carcassonne, yn ogystal â rhai o drefi caerog eraill Ewrop, ond yn ei dyb ef roedd Caernarfon yr un mor drawiadol. Rhyfeddai at y castell anferth a'r muriau cadarn a oedd yn ymestyn i lawr at lannau afon Menai. 'Yma y cyfarfu Macsen Wledig ag Elen,' meddyliodd, gan deimlo ei fod yntau bellach yn rhan o hanes y dref. Teimlai'n gartrefol yn ei strydoedd cul, prysur, yn sgwrsio'n braf â'i thrigolion clên. Roedd wrth ei fodd yn gwrando ar y Gymraeg o'i gwmpas ym mhobman, er bod yn rhaid iddo gyfaddef nad oedd yr acen leol mor bersain ag y dymunai. Hoffai fynd i eistedd mewn llecyn cysgodol dan furiau'r castell, a dyna'r lle'r aeth un pnawn i ymlacio ac edrych i lawr ar afon Saint yn llifo'n ddioglyd tua'i haber. Heddiw roedd wedi gweddnewid i fod yn ŵr ifanc hardd yn gwisgo'r ffasiynau diweddaraf o Baris. Nid fod pobol Caernarfon wedi sylwi. Roedd yr haul yn tywynnu'n braf a chyn bo hir aeth Porchellan i deimlo'n bur gysglyd. Fel roedd yn dechrau pendwmpian cafodd y teimlad fod rhywun yn ei wylio. Trodd ei ben, ac ychydig gamau i ffwrdd safai hen ŵr.

'Sut mae, Myrddin?'

'Nefoedd yr adar! Dyna'r cwbwl sydd gen ti i ddeud wrtha'i ar ôl dwy ganrif?' gofynnodd y dewin. 'Dim elfen o syndod? Dim "Wel, wir. Pwy fasa'n meddwl! Be wyt ti'n ei neud yma?" Dim "O, rydwi mor falch o dy weld di eto, yr hen ffrind"? Mae'n amlwg na wnaeth dy flynyddoedd yn llennyrch academia a thyrau ifori ysgolheictod adael rhyw lawer o sglein arnat ti.'

'Rydwi'n medru bod yn ddigon soffistigedig pan fo galw,' meddai Porchellan braidd yn bwdlyd.

'Gobeithio wir, os wyt ti am ddŵad efo fi.'

'I ble?'

'I Lys y Brenin Arthur, debyg iawn.'

'O, na! Ydi'r amsar wedi dŵad? Dydwi ddim isio mynd o Gaernarfon. Rydwi wedi setlo'n reit hapus yma. Oes raid imi fynd?'

'Rwyt ti'n gwybod fod rhaid. Dyna yw penderfyniad T...'

'Paid â deud y gair 'na sy'n dechra â T.'

'Fedri di ddim osgoi Tynged mor rhwydd â hynna, ngwas i.'

'Wel, sut wyt ti, beth bynnag, Myrddin? Sut mae'r hen figmars?'

'Paid â bod mor anystyriol, nei di? Wyddost ti be 'di gwir ystyr migmars? Nigromans. Y Gelfyddyd Ddu! Dydw i erioed wedi ymhél â'r fath beth. Fyddwn i ddim yn breuddwydio am ymyrryd â gweithgaredda'r

Fall. Dallta di hynna rŵan cyn iti roi dy droed ynddi yn y Llys. Rydwi'n uchel iawn fy mharch yn fanno. Yn ddewin o fri, yn swyngyfareddwr, yn hudol, yn ddaroganwr, yn weledydd, yn gynghorwr i'r Brenin ei hun, nid rhyw gonsuriwr ceiniog a dima sy'n gneud tricia mewn ffair. Migmars, wir!'

Roedd Porchellan wedi sobri drwyddo wrth glywed Myrddin yn taranu fel hyn.

'Mae'n ddrwg iawn gen i, Myrddin. Siarad ar fy nghyhyr wnes i. Doeddwn i ddim am dy frifo di am funud.'

'Mae'n iawn, ond roeddwn i wedi gobeithio y byddet ti wedi ymbwyllo rywfaint gyda'r blynyddoedd.'

'Tyrd, rŵan, Myrddin. Stedda i lawr am funud imi gael sôn wrthyt ti am fy anturiaetha.'

'Dim angen. Mae gen i belen hud. Rydwi'n gwybod dy hanas di i gyd.'

Gwelwodd Porchellan. 'Bob dim?' gofynnodd yn nerfus.

'Wel, nid bob dim, falla. Mae'r belen yn hidlo'r ffeithia rhyw gymaint.'

'Diolch i'r drefn,' meddai Porchellan dan ei wynt.

'Tyrd yn dy flaen,' meddai Myrddin. 'Brysia. Maen nhw'n disgwyl amdanom ni. Mae 'na gryn ddiddordeb yn y Llys i gyfarfod mochyn sy'n medru siarad.'

Erbyn hyn roeddent yn croesi'r maes o flaen y castell. Teimlai Porchellan braidd yn anghyfforddus yng nghwmni'r dewin. Wedi'r cwbwl, roedd Myrddin yn edrych yn bur wahanol i drigolion eraill

Caernarfon. Brasgamai ar draws y maes, ei farf hir a'i wallt gwyn yn chwifio yn y gwynt. Gwisgai ei hen fantell fratiog â'r symbolau rhyfedd drosti. Drwy ryw drugaredd roedd wedi dod heb ei het bigfain. Ond eto, ni chymerodd neb unrhyw sylw ohono.

'Ydi pobol Caernarfon yn gwybod pwy wyt ti? Dy fod di'n ddewin?'

'Nac'dyn. Maen nhw'n meddwl mai rhyw hen gono ecsentrig o'r enw Mr Ambrose ydwi.'

'Rhyw fath o ynfytyn y pentra, ia?'

'Naci, debyg iawn,' meddai Myrddin yn bigog. 'Ond fy mod i'n rhy ddiarth ac arallfydol iddyn nhw fy mhlagio fi na holi am fy hanas.'

'Pam "Mr Ambrose"?'

'Am mai fy enw yn Lladin ydi Merlinus Ambrosius, felly roeddwn i'n meddwl y byddai "Mr Ambrose" yn enw addas.'

'Clyfar,' meddai Porchellan.

Ymhen rhai munudau gofynnodd, 'Ble yn hollol mae Llys Arthur?'

'Nantlle.'

'Lle mae fanno? Ydi o'n agos?'

'Rhyw ddeng milltir i'r de o fa'ma.'

'Dyna ryfedd. Pan benderfynais i ddŵad i Gaernarfon doedd gen i ddim syniad fod Llys Arthur mor agos.'

'Nid dy benderfyniad di oedd o. Roedd Tynged eisoes wedi pennu dy fod yn dŵad yma.'

'Felly mae Tynged yn medru fy symud i o gwmpas fel darn o wyddbwyll heb i mi sylweddoli hynny?'

'Fwy neu lai.'

'Mae hynna'n annheg. Rydwi am reoli fy mywyd fy hun.'

'Ond chdi ydi Mochyn Tynged, felly ganddi hi mae'r gair ola bob amsar. Doeddat ti erioed wedi meddwl ymhle roedd Ogof a Llys Arthur?'

'Nac oeddwn. Wnes i erioed ystyried y peth o ddifri. Gan fod y Llys mewn ogo, mi gymerais yn ganiataol y byddai yn y mynyddoedd yn rhywle, ond mae 'na gymaint o fynyddoedd yng Nghymru. Sut ydan ni am fynd i'r Nantlle 'ma? Ydan ni am drawsymud yno?'

'Dim yng nghanol y dre, rhag ofn inni ddychryn y ceffyla. Mi ddaliwn ni'r bws. Mae 'na un am ugain munud i bedwar.'

Roeddent wedi cyrraedd stondin bysus ac yno safai bws Nantlle.

'Myrddin,' meddai Porchellan yn betrus, 'ydan ni mewn llithriad amsar?'

'Be sy'n gneud iti feddwl hynny?'

'Rydan ni wrthi'n mynd i mewn i fws.'

'O, wela' i. Ydan, felly. Rydwi wedi cyrraedd yr oed pan nad ydwi ddim yn sylwi rhyw lawar ar y petha 'ma bellach, wsti. Bydd amsar yn dŵad yn ôl i drefn cyn hir. Paid â phoeni.'

'Dydwi ddim yn poeni. Ond dyma fy llithriad amsar cynta i. Hynny yw, fy llithriad personol fi fy hun. Dydwi ddim yn cyfri y tro aethom ni i weld Ceridwen.'

'Mae 'na lawar iawn o hud a lledrith yn y cyffinia 'ma. Dyna sy'n esbonio'r peth, mae'n debyg. Mi ddoi di i arfar. Mae'n amlwg fod dy hormonau di'n gweithio'n iawn.'

'Wrth gwrs eu bod nhw,' meddai Porchellan. 'Fe dreuliais i flynyddoedd yng nghwmni'r myfyrwyr crwydrol.'

'Do. Am ryw reswm fe hidlodd y belen hud y cyfnod yna yn bur llym.'

'Llawn cystal.'

'Dyma ni,' meddai Myrddin, wrth i'r bws ddod i mewn i bentref bach Nantlle. 'Rhaid inni fynd allan rŵan a cherdded gweddill y ffordd.'

Yr eiliad ar ôl i'w traed gyffwrdd â'r lôn, diflannodd y bws.

'Mi ddeudis i y bydda amsar yn dŵad i drefn cyn hir, do?'

'Roedd hynna'n brofiad diddorol iawn. Doeddwn i erioed wedi symud mor gyflym o'r blaen. Heblaw wrth imi drawsymud, wrth gwrs.'

'Yn y dyfodol fe fydd 'na ddullia teithio llawar mwy cyffrous na bws Nantlle, coelia fi.'

Dechreuodd Myrddin a Phorchellan ddringo llwybr a oedd yn arwain i'r mynyddoedd o'r pentref.

'Pam ydan ni'n cerdded? Fedran ni ddim trawsymud?'

'Prin werth y draffarth. Fe fyddwn ni yno cyn hir.'

'Mae braidd yn ddiarffordd. Pam ddaru Arthur ddewis y lle 'ma?'

'Mae'n gyfleus.'

'Cyfleus i be?'

'Bob dim. Ac mae'n lle grymus, pwerus. Mae 'na lawer o hen, hen hud a lledrith yma.'

'Pa fath o hud a lledrith?'

'Pob math. Dim y math gora bob amsar chwaith. Dyma wlad y Tylwyth Teg.'

Chwarddodd Porchellan yn uchel. 'Y Tylwyth Teg? Dwyt ti o bawb ddim yn coelio yn y Tylwyth Teg, wyt ti, Myrddin? Tylwyth Teg, wir! Be nesa?'

Gafaelodd Myrddin yn chwyrn ym mraich Porchellan. 'Cau dy geg, y ffŵl! Paid â siarad mor uchel. Mae 'na fwy o Dylwyth Teg mewn milltir sgwâr yn fa'ma nag yn unman arall yng Nghymru.'

Gallai Porchellan weld o edrychiad dig Myrddin ei fod yn gwbwl o ddifrif.

'Sut wyddost ti?'

'Mae pawb ffordd 'ma yn gwybod. Rhai ohonyn nhw o brofiad chwerw. Mae nifer o bobol leol wedi diflannu a neb wedi'u gweld nhw byth wedyn. Babis wedi cael eu cipio o'r crud a rhyw ewach bach hyll wedi cael ei roi yn eu lle. Mae'r Tylwyth Teg wedi bod yn brysur iawn ffordd 'ma ers blynyddoedd. Maen nhw dros y lle i gyd, ar hyd y dyffryn a chyn belled â'r Wyddfa. Fedrwn i yn wir ddeud fod gynnon ni Dylwyth Teg yng ngwaelod yr ardd yn fa'ma.'

Roedd Porchellan yn eithaf di-hid. 'Ond oes 'na rywun sydd wedi eu gweld nhw go iawn?'

'Oes, siŵr iawn, ond fod arnyn nhw ormod o ofn sôn am y peth. Mae'n ddigon hawdd i ti wenu'n wawdlyd yn fanna. Y cwbl fedra'i ddeud ydi, bydda'n ofalus.'

'O, mi fedra'i edrach ar fy ôl fy hun yn iawn, diolch. Rydwi wedi arfar crwydro drwy strydoedd cefn Llundain a Pharis. Go brin y bydda'i'n dŵad i unrhyw niwed yn Nantlle o bobman!'

'Wnest ti gyfarfod y Tylwyth Teg erioed ar dy deithia?'

'Y ... naddo.'

'Dyna ti, felly. Does gen ti ddim syniad am eu tricia nhw. Cymera ofal. Cymera ofal mawr.'

'Wyt ti'n trio fy nychryn i?'

'Dy rybuddio di. Gair i gall. Dyna'r cwbl.'

Roeddent yn dal i gerdded llwybr y mynydd a hwnnw'n mynd yn fwy a mwy serth. Cyn hir roedd bron â diflannu'n gyfan gwbwl. Arafodd Myrddin ac edrych ar Porchellan. 'Bron yno rŵan. Well iti weddnewid i fod yn fochyn. Dyna maen nhw'n ei ddisgwyl.'

'Aros funud imi gael fy ngwynt ataf.'

Wedi iddo weddnewid i'w ffurf wreiddiol, gofynnodd y mochyn, 'Wyt ti'n meddwl fy mod i wedi fy ngwisgo'n addas i fynd i lys brenhinol?'

'Wel, dwyt ti ddim wedi dy wisgo o gwbwl rŵan,

nac wyt? Mae'n debyg y medrwn i glymu rhyw ruban bach am dy wddw di ... neu dy gynffon di.'

'Dim diolch,' meddai Porchellan yn swta. 'Un da i siarad wyt ti. Dwyt ti prin yn batrwm o ffasiwn, nac wyt? Roeddet ti'n gwisgo'r hen fantell yna pan welis i chdi ddiwetha, ddwy ganrif a mwy yn ôl.'

'Dim ots am hynny. Maen nhw wedi arfar efo fi. Dydyn nhw ddim yn disgwyl i ddewin fod yn dwt a destlus. Mae dewin i fod i edrach fel petai o wedi gweld dipyn ar y byd. Ac maen nhw'n lecio cael rhyw hen ddewin o gwmpas y lle. Mae'n ychwanegu rhyw *je ne sais quoi* at yr awyrgylch.'

Petai rhywun wedi digwydd mynd heibio (ac nid oedd llawer o berygl o hynny gan mor anghysbell a digroeso oedd y lle) byddent wedi gweld hen ŵr blêr a mochyn bach yn sefyll yn stond yn syllu ar wal lefn o graig. Nid golygfa y byddai'r teithiwr talog wedi ei disgwyl o bosib, ond dyna fo.

'Dyma hi,' meddai Myrddin gan bwyntio at y graig.

'Dyma be?' gofynnodd y mochyn. 'Fedra'i ddim gweld dim byd yma. Pam ydan ni wedi stopio yn fa'ma?'

'Aros funud. Amynedd! "Caffed amynedd ei pherffaith waith", ynte?'

'Pwy ddeudodd hynna?'

'Iago.'

'Pwy ydi o? Un o'r marchogion?'

'Naci. Apostol.'

'O, yr Iago yna.'

'Ia. Roeddwn i'n meddwl dy fod di'n ola yn dy Feibl. Wedi ei ddarllen o glawr i glawr.'

'Dim cweit. Mi rois y gora iddi rywle yng nghanol ail epistol Paul at Timotheus.'

'Wel, mi wnest ti'n reit dda.'

Roedd Myrddin wrthi'n tyrchu yn ei bocedi. Tynnodd allan ffon fechan wedi ei phlygu, tebyg i'r ffyn cerdded y bydd hen wragedd yn eu cario yn eu bagiau llaw.

'Be 'di hwnna?'

'Rhyw declyn bach rydwi wedi ei ddyfeisio. Gwialen hud sy'n plygu. Da, te? Rydwi'n gobeithio ei rhoi hi ar y farchnad cyn bo hir.'

'Fyddwn i ddim yn meddwl y byddai llawer o fynd arni yn fa'ma,' meddai'r mochyn, gan edrych o'i gwmpas ar y dirwedd lom o redyn a chreigiau.

'Wyddost ti byth,' meddai'r dewin gan bwyntio'r ffon at wyneb y graig.

'Abracad ... y ... Abracad ... y ... Abracadllanfairmathafarneitha,' meddai ar un gwynt.

'Ydi hwnna'n swyn go iawn?'

'Nacdi, siŵr iawn. Ond mae dewin yn teimlo y dylai chwifio'i wialen a deud rhyw rwdl-mi-ri bob hyn a hyn rhag ofn fod rhywun yn ei wylio. Mewn gwirionedd, doedd dim rhaid imi ddeud na gneud dim byd. Maen nhw wedi ein gweld ni'n dŵad. Ond fe fydden nhw wedi eu siomi petawn i heb fynd drwy'r perfformiad arferol. Mae o wedi gweithio, beth bynnag.'

Roedd rhywbeth yn sicr yn digwydd. Crynodd y graig a daeth rhyw niwl rhyfedd drosti. Diflannodd y rhedyn a'r grug. Yna ymddangosodd grisiau crand yn arwain at ddrws anferth derw a dwy ddraig garreg ffyrnig yr olwg o boptu iddo. Uwchben y drws mewn llythrennau aur oedd y geiriau 'OGOF ARTHUR'. Edrychodd Porchellan arno'n syfrdan. 'Anhygoel!'

Tynnodd Myrddin ar ddarn o raff a oedd yn hongian i lawr ochr y drws. Gallent glywed sŵn tincian bach o'r tu mewn. Sylweddolodd Porchellan mai'r gân 'Mae gen i dipyn o dŷ bach twt' oedd y sŵn.

'Rhyw fympwy ar ran Gwenhwyfar,' esboniodd Myrddin. 'Ceisio chwara gwerinos bach 'run fath â Marie-Antoinette. Lol wirion.'

Nid oedd gan Porchellan y syniad lleiaf pwy oedd Marie-Antoinette, ond gwyddai'n hyderus y byddai'r wybodaeth amdani hi, fel am bopeth arall, yn dod iddo gydag amser.

Ar y gair agorwyd y drws gan ddau borthor boldew a chamodd y mochyn a'r dewin i mewn i'r ogof. Ond prin y gellid ei galw'n ogof. Roedd y cyntedd ei hun yn anferth, ei waliau wedi eu gorchuddio â murluniau yn dangos rhai o gampau Arthur a'i farchogion. Cofiai Porchellan ddarllen am rai o'r anturiaethau cyffrous hyn yn llyfrau Myrddin yn y caban yng Nghoed Celyddon, yn ogystal â chlywed cyfarwyddiaid yn adrodd yr hanesion yn ystod ei deithiau. A dyma fo ar fin cyfarfod y Brenin ei hun a rhai o'i farchogion. Er iddo geisio ymddangos yn ddidaro, roedd ei du mewn yn crynu'n gynhyrfus. Arhosodd am funud i edrych ar dapestri enfawr lliwgar a hongiai ar y wal ac arno lun o rai o'r marchogion mewn twrnamaint.

'O, sbia, Myrddin. On'd ydi o'n hardd? Maen nhw fel petaen nhw'n fyw. Drycha ar yr edau arian yn sgleinio yn eu harfwisgoedd nhw.'

Estynnodd ei droed flaen allan i deimlo'r tapestri.

'Paid!' gwaeddodd Myrddin. Ond roedd yn rhy hwyr. Dechreuodd y meirch ar y tapestri bystylad a gweryru. Trodd y marchogion i wynebu Porchellan gan godi eu gwaywffyn yn fygythiol. Sgrechiodd y mochyn mewn braw, ond camodd Myrddin ymlaen a chwifio ei wialen hud. Ar unwaith trodd y tapestri yn ôl i'w ffurf lonydd wreiddiol.

'Fi achosodd hynna?' gofynnodd Porchellan yn betrus.

'Ia. Mae 'na hud ar y tapestri sy'n peri iddo ddod yn fyw os ydi rhywun yn cyffwrdd ag o. Rhyw fath o larwm i atal lladron ydi o, gan fod y tapestri mor werthfawr. Nid fod unrhyw leidr erioed wedi llwyddo i dreiddio i mewn i'r Ogof.'

Aeth Myrddin yn ei flaen ar hyd coridor llydan lle hongiai baneri hir yn arddangos arfbeisiau'r gwahanol farchogion. Ym mhen draw'r coridor aethant drwy ddrws i mewn i neuadd enfawr. Roedd yn fwy nag unrhyw ystafell a welsai Porchellan erioed yn yr holl flynyddoedd o deithio ledled Ewrop.

'Dyma Ehangwen,' meddai Myrddin. 'Neuadd y Llys.'

'Waw!' meddai Porchellan. 'Wnes i erioed ddychmygu y byddai popeth ar raddfa mor fawr, nac mor grand. Mae'n gamarweiniol iawn sôn am ogo.'

Roedd y neuadd yn wag. Yn un pen iddi safai bwrdd crwn anferth yn sgleinio fel swllt a chadeiriau wedi eu gosod o'i amgylch.

'Dyna'r Ford Gron,' eglurodd Myrddin, braidd yn ddiangen.

Ar ganol y bwrdd safai potyn bach o flodau pinc ar fat bach les.

'Del,' meddai Porchellan.

Safodd y mochyn a'r dewin yno yn edrych ar ei gilydd.

'Be sy'n digwydd nesa?' gofynnodd Porchellan. 'Fydd 'na seremoni rwysgfawr efo utgyrn a phetha felly i fy nghroesawu fi? Fydd yr holl Lys yn dŵad ynghyd i ddathlu fy mod i wedi cyrraedd?'

'Na fydd. Mae Arthur am gael gair bach preifat efo chdi.'

'Gair bach preifat? Roeddwn i wedi disgwyl gwell na hynna.'

'Wel, does 'na ddim trefn na seremoni arbennig ar gyfer derbyn moch i'r Llys. A rhaid imi dy rybuddio di hefyd nad ydi rhai o'r marchogion ddim yn rhy hapus â'r syniad o dderbyn mochyn o gwbwl. Dydyn nhw ddim yn lecio dim byd sy'n ymyrryd â'r *status quo*.'

'Rydwi'n synnu eu bod nhw'n dallt y cysyniad o *status quo* o gwbwl efo'r holl lithriada amsar 'na.'

'Taw, rŵan. Mae Arthur a Gwenhwyfar wedi cyrraedd.'

Edrychodd Porchellan i lawr tua phen pellaf y neuadd. Roedd drws newydd agor a thrwyddo cerddodd gŵr tal, hardd, barfog, yn gwisgo dillad moethus a choron ar ei ben. Y tu ôl iddo roedd y wraig dlysaf a welsai Porchellan erioed. Aethant at ddwy orsedd ar lwyfan bychan ac eistedd i lawr.

'Nefi! Mae honna'n bishyn,' meddai Porchellan.

'Cau dy geg a challia,' meddai Myrddin. 'Tyrd. Paid â'u cadw nhw'n disgwyl.'

Cerddodd y ddau i lawr y neuadd a sefyll o flaen y llwyfan. Ymgrymodd Myrddin yn isel.

'Gyda dy ganiatâd, f'arglwydd,' meddai, 'hoffwn gyflwyno fy nghyfaill Porchellan.'

'Ah,' meddai'r Brenin. 'Y mochyn rhyfeddol.'

'Cywir,' meddai'r mochyn.

'Clyfar iawn, yn ôl y sôn.'

'Hynny hefyd,' meddai'r mochyn.

Ar hyn, dyma'r frenhines yn plygu ymlaen gan wenu'n glên ar Porchellan, ac estyn llaw mewn maneg wen tuag ato.

'A be ydach chi'n ei wneud?' gofynnodd.

'Bob dim, fwy neu lai,' meddai'r mochyn.

'Ydach chi wedi dod ymhell?'

'Deng milltir a chwartar.'

'Dyna ddiddorol,' meddai'r frenhines â gwên fach stiff.

'Diolch, cariad,' meddai'r Brenin wrthi. 'Dyna ddigon o fod yn ledi fawr am heddiw.'

Gan droi at y dewin, gofynnodd, 'Beth wyt ti'n ei geisio gennyf, fy nghyfaill? Rwyt yn gynghorwr ffyddlon imi ac yn haeddu unrhyw ffafr y gallaf ei rhoi iti. Gofynna am unrhyw beth sydd yn fy ngallu i'w roi iti, heblaw am Brydwen, fy llong; Gwen, fy mantell; Caledfwlch, fy nghledd; Rhogomyniad, fy ngwaywffon; Wynebgwrthucher, fy nharian; Carnwennan, fy nghyllell, a Gwenhwyfar, fy ngwraig.'

Edrychai'r frenhines yn bur bwdlyd wrth glywed ei henw yn dod yn olaf ar y rhestr.

'Be haru ti?' gofynnodd Myrddin. 'Pam yr holl rigmarôl 'na? Dim ond ni'n pedwar sydd yma, ac fe wyddost ti'n iawn na fyddwn i ddim yn gofyn am ddim o'r geriach yna. Nac amdani hi,' meddai dan ei wynt gan nodio i gyfeiriad y frenhines.

'Fe wn i hynny, debyg iawn,' meddai Arthur, 'ond mae'n swnio'n grand, 'tydi, Myrddin? Yn urddasol ac yn frenhinol, te? Mae'n bwysig imi ymarfer dipyn o steil weithia, wsti. Mae'n ddrwg gen i fy mod wedi mynd i dipyn o hwyl. Gad inni symud ymlaen. Dy dro di rŵan.'

Gallai Porchellan weld fod yna gyfeillgarwch a dealltwriaeth ddofn rhwng y Brenin a'r dewin, ac y gallent siarad yn ddi-flewyn-ar-dafod â'i gilydd.

'F'arglwydd hybarch a graslon,' meddai Myrddin, yn yr un cywair. 'Y ffafr a geisiaf yw iti dderbyn fy nghyfaill bach y mochyn i rengoedd hyglod dy farchogion dewr.'

'Does gen i fawr o ddewis, nac oes?' meddai Arthur yn ei lais bob-dydd.

Gwgodd y mochyn. Roedd yn eithaf blin am agwedd wamal a chellweirus y Brenin a'r dewin ac yntau wedi disgwyl cael llawer mwy o barch a sylw.

'Tyrd, inni gael mynd o 'ma, wir,' meddai'r Brenin. 'Gyda llaw, croeso i Lys Arthur, Syr Porchellan.'

'Syr? Syr Porchellan?' gofynnodd y mochyn wedi sirioli drwyddo. 'Ydi hynna'n golygu fy mod i yn farchog rŵan?'

'O ryw fath,' meddai'r Brenin. 'Fe fu'n rhaid inni alw cyfarfod brys. Doedden ni erioed wedi cael cais ar ran mochyn o'r blaen. Aeth y cyfarfod ymlaen ac ymlaen am oria ac oria, ac aeth petha'n bur filain. Pleidleisia a gwellianna di-ben-draw.'

'Be wyt ti'n ei olygu wrth "o ryw fath"?' gofynnodd y mochyn yn betrus.

'Penderfynwyd o un bleidlais dy neud di'n aelod cyfetholedig.'

'Gwell na dim, mae'n debyg.'

'Tyrd, imi gael dangos y lle 'ma iti,' meddai Myrddin, gan ymgrymu i'r brenin a'r frenhines a symud draw i ochr arall y neuadd. Erbyn hyn roedd yr ystafell yn dechrau llenwi â marchogion a rhianedd y Llys. Sylweddolodd y dewin fod y mochyn braidd yn siomedig â'i dderbyniad tila ac aeth ati i dynnu ei sylw drwy gyfeirio at wahanol farchogion.

'Weli di'r marchogion 'na gyferbyn â ni? Bedwyr ydi hwnna ar y pen. Mae o'n siarad efo Cai. Ynddyn nhw mae Arthur yn ymddiried fwya. Wrth y drws pella gelli di weld Gwalchmai, Gareth, Geraint a Pheredur.'

Gwenodd Gwalchmai a chodi ei law.

'Mae o i weld yn ddyn clên,' meddai Porchellan.

'Ydi, mae o. Mae'n farchog cwrtais, trugarog a ffyddlon. Maen nhw'n deud ei fod o'n medru cyflawni mwy â'i eiria caredig nag y gall unrhyw farchog arall â grym arfau. A dyna Peredur wrth ei ochr. Rhyfelwr glew ac un o'r marchogion blaena.'

Ond roedd diddordeb y mochyn yn bennaf yn Bedwyr a Cai, gan mai eu hanesion hwy oedd y rhai mwyaf cyfarwydd iddo.

'Nhw ydi fy syniad i o'r marchog delfrydol. Mae Cai yn olygus iawn.'

'Ydi, ac mae ganddo fo bwerau hynod hefyd. Mae'n medru dal ei wynt dan y dŵr am naw diwrnod a naw noson a mynd heb gysgu am yr un hyd o amsar.'

'Fe fyddwn i'n mynd heb gysgu yn hirach na hynna pan oeddat ti yn rhefru ac yn rhuo yng Nghoed Celyddon.'

'Dim isio sôn am hynna rŵan. Mae Cai yn bencampwr ar weddnewid hefyd. Gall neud ei hun cyn daled â'r goeden ucha yn y goedwig os oes raid.'

'I be? Fyddwn i'n meddwl y byddai'n well iddo ddefnyddio'i egni i droi'n rhywbeth mwy cyffrous fel draig neu uncorn.'

'Ella wir. Ond mae'n medru gneud un peth defnyddiol iawn. Dim ots pa mor drwm mae hi'n bwrw glaw bydd unrhyw beth fydd Cai yn ei ddal yn ei law yn aros yn sych. Mae ei law yn gallu cynhyrchu'r fath wres nes y gellir cynna tân ohoni.'

'Gallai hynna fod yn handi iawn, ond o bosib braidd yn anghyfforddus i Cai ei hun.'

Trodd Porchellan yn awr i edrych ar Bedwyr. Synnodd weld nad oedd ganddo ond un llaw.

'Be ddigwyddodd i'r llall?'

'Fe gollodd hi mewn brwydr.'

'Dydi hi ddim yn anfantais ofnadwy i farchog fod wedi colli ei law?'

'Mi fydda hi fel rheol, ond mae Bedwyr mor fedrus ag un llaw ag ydi'r rhan fwya o farchogion â dwy.'

Edrychodd Porchellan o'i gwmpas yn awchus i weld pwy arall o ddiddordeb oedd yno.

'Pwy ydi'r marchog yn y gornel wrth y lle tân?' gofynnodd gan edrych i gyfeiriad gŵr llwyd ei wedd a golwg ddwys arno.

'Lanslod ydi hwnna.'

'Pam mae o'n edrach ar y frenhinas yn y ffordd ryfadd 'na?'

'Dydan ni ddim yn siarad am hynna,' meddai Myrddin. 'Paid â sôn am y peth byth eto.'

'Rydwi'n casáu cyfrinacha,' meddai'r mochyn.

Roeddent wrthi'n cerddedd yn hamddenol o gwmpas y neuadd gan dorri gair â hwn a'r llall. Holodd Porchellan am rianedd y Llys.

'Gwenhwyfach ydi'r ferch â'r gwallt du yn fancw. Mae hi'n chwaer i Gwenhwyfar.'

'Dydi hi ddim hannar cyn dlysed â'r frenhinas.'

'Nacdi, mae'n debyg, ond mae hi'n fwynach ei natur. Gyferbyn â ni mae Tangwen, Gwenalarch, Erdudfyl, Teleri a'r ddwy Esyllt. Ac edrycha ar y ddwy yna sy'n dŵad drwy'r drws rŵan. Y gynta ydi Gwenllïan Deg. Dyna iti ferch fawrfrydig. A Chreiddylad efo hi, y wraig fwya urddasol yn Nhair Ynys Prydain. Maen nhw ymhlith rhianedd eurdorchog mwya blaenllaw y wlad.'

'Ew, maen nhw'n hardd.'

Er cymaint diddordeb Porchellan ym marchogion a rhianedd y Llys, roedd ganddynt hwythau bron gymaint o ddiddordeb ynddo yntau. Gwenai'r rhan fwyaf ohonynt yn gyfeillgar a dweud rhyw air neu ddau caredig wrth fynd heibio. Ond gwelodd y mochyn un marchog tew, milain yr olwg, yn gwgu arno.

'Moch, rŵan. Be nesa? Defaid a ieir?'

'Gwylia dy dafod, y bol uwd,' meddai Porchellan wrth fynd heibio'n dalog.

'Bydda'n ofalus, Gwyddog,' meddai cydymaith y marchog tew. 'Dydi'r mochyn 'na ddim mor ddiniwad ag mae o'n edrach.'

'Cofia ditha hynny,' meddai'r mochyn.

'Go dda, Porchellan,' meddai Myrddin wedi iddynt symud ymlaen. 'Paid â chymryd dim lol gan neb. Hen fwlis ydi rhai o'r marchogion 'ma. Meddwl eu bod nhw'n rêl bois am eu bod nhw wedi bod ar ymchwiliad neu ddau.'

'A sôn am ymchwiliada ...'

'Ia. Roeddwn i'n dŵad at hynna.'

9

Ychydig yn ddiweddarach, ar ôl cinio mwy na digonol, eisteddai'r mochyn a'r dewin yn gyfforddus yng nghornel y neuadd.

'Reit,' meddai Porchellan. 'Yr ymchwiliada.'

'Rwyt ti'n lwcus. Maen nhw ar fin cychwyn ar ymchwiliad cyn bo hir rŵan. Mae'r paratoada ar droed ers tro.'

'Be fyddan nhw'n chwilio amdano?'

'Mae'n stori hir,' meddai Myrddin. 'Mewn gwirionedd, dydi hwn yn ddim ond un mewn cyfres o ymchwiliada. Weli di'r llanc ifanc acw?' gofynnodd, gan nodio tuag at fachgen tal lluniaidd a oedd yn sgwrsio gyda grŵp o'i ffrindiau ger y tân.

'Pwy ydi o?'

'Culhwch, mab Cilydd, mab Celyddon Wledig. Mae o'n gefndar i Arthur.'

'Dydi hynna ddim yn cyfri ryw lawar yng Nghymru. Mae pawb yn gefndryd i'w gilydd yn fa'ma. Ond fel maen nhw'n deud, "Gwell câr mewn llys nag aur ar fys", te? Be sydd wnelo fo â'r ymchwiliad?'

'Mae 'na dynged arno fo.'

'O, dim un arall!' meddai'r mochyn.

'Mae 'na lot ohonyn nhw o gwmpas.'

'Pa fath o dynged?'

'Fe fuo'i fam o farw. Yna ailbriododd ei dad o efo gwraig weddw. Roedd gan honno ferch o oed addas i briodi.'

'Mi fedra'i weld be sy'n dŵad.'

'Wel, fe ddeudodd Culhwch yn blwmp ac yn blaen nad oedd arno fo ddim isio priodi'r hogan, ac fe roddodd ei lysfam dynged arno fo.'

'Be yn hollol?'

'Na châi o byth briodi neb ond merch Ysbaddaden Bencawr.'

'Rydwi wedi clywed am hwnnw. Maen nhw'n deud ei fod o'n anfarth, yn hollol frawychus. Sut un ydi'r ferch? Dydi honno ddim yn gawras hefyd, nacdi?'

'Ymhell o fod. Yn ôl y sôn mae ei gwallt yn felyn fel bloda'r banadl, a'i chroen yn wynnach nag ewyn y don. Ond mae 'na wrid hyfryd i'w bocha hi, fel lliw'r ffion. Mae ganddi lygaid mor danbaid ag unrhyw hebog neu walch, a ...'

'Del, ia? Pam nad ydi Culhwch ddim yn mynd i ffwrdd a'i phriodi hi?'

'Mae Ysbaddaden am rwystro'r briodas.'

'Pam? Mae Culhwch i weld yn fachgen dymunol, ac mae ganddo fo gysylltiada brenhinol.'

'Mae 'na broblem.'

'Paid â deud fod 'na chwanag o dynged.'

'Oes, mae arna'i ofn. Bydd Ysbaddaden yn marw ar y diwrnod y bydd ei ferch o'n priodi.'

'O, wela' i. Digon hawdd dallt ei wrthwynebiad o felly. Be 'di enw'r ferch 'ma?'

'Olwen, am fod iddi ôl wen.'

'Sut felly?'

'Ble bynnag mae hi'n mynd mae hi'n gadael meillion gwyn ar ei hôl.'

'Gallai hynny fod yn niwsans braidd, yn enwedig yn y tŷ.'

'Dydwi ddim yn meddwl ei fod o'n digwydd dan do.'

Bu Porchellan yn pendroni am funud. 'Sut mae wnelo hyn i gyd â'r ymchwiliad?'

'Wel,' meddai Myrddin. 'Mae'n amlwg fod Ysbaddaden am neud pob dim fedrith o i ohirio'r briodas, felly mae o wedi gosod pob math o dasga anodd i Gulhwch eu gneud cyn y bydd o'n ei ystyried o fel mab-yng-nghyfraith. Wrth gwrs, ei obaith o ydi na fydd Culhwch ddim yn llwyddo i'w gneud nhw o gwbwl. Nid fo ydi'r cynta i geisio ennill Olwen.'

'Rargian! Oedd 'na rai eraill oedd yn fodlon diodda'r meillion 'na dan draed dros y lle? Be ddigwyddodd iddyn nhw?'

'Marw.'

Llyncodd y mochyn ei boer yn nerfus. 'Rydwi'n cymryd felly nad rhyw fatar fel picio i lawr i'r ffarm agosa i nôl jygiad o lefrith ar gyfer brecwast Ysbaddaden ydi'r tasga 'ma.'

'O, na. Maen nhw'n gofyn am ladd gwrachod a chewri a rhyw betha felly. Ac mae Ysbaddaden wedi rhoi rhestr hir i Gulhwch o'r petha sy'n rhaid eu cael ar gyfer y wledd briodas.'

'Fel be?'

'Y petha mwya pwysig i ni ydi trysora'r Twrch Trwyth.'

'Rydwi wedi clywad amdano fo,' meddai Porchellan. 'Baedd gwyllt ydi o, te? Fel finna.'

'Dim ond ei fod o ddengwaith dy faint di a chanwaith ffyrnicach.'

'Be 'di'r trysora 'ma?'

'O nefoedd,' meddai Myrddin. 'Gwae imi erioed ddechra ar y stori 'ma. Mi fyddan ni yma drwy'r nos.'

'Dim ots. Does gen i ddim byd arall i'w neud.'

'Mae gen i. Ond i dorri stori hir iawn yn hynod fyr: mae gan y Twrch Trwyth rasal, crib a gwellaif hud rhwng ei glustia.'

'Anghyfforddus. Peryg hefyd, yn enwedig y rasal a'r gwellaif.'

'Mae'r Twrch Trwyth yn chwerthin yn wyneb peryg.'

'Waw,' meddai'r mochyn, 'leciwn i ddim ei gyfarfod o.'

'Bydd yn rhaid iti.'

'Tynged eto, ia? Byddai'n braf cael dipyn o lonydd weithia. Pam fod yn rhaid i Ysbaddaden gael y tacla arbennig yna? Siawns na fedra fo gael siswrn, rasal a chrib o rywla arall. Na! Paid â deud. Rydwi'n meddwl fy mod i'n gwybod y rheswm.'

'Mae Tynged yn gallu bod yn fwrn weithia,'

cytunodd Myrddin. 'Ond mae'n rhan o dynged Ysbaddaden i ddefnyddio'r tacla arbennig yma i eillio'i farf a thorri ei wallt ar ddiwrnod priodas Olwen.'

'I be, os ydi o'n mynd i farw? Prin werth y draffarth.'

'Dydi o ddim yn credu fod hynny am ddigwydd mewn gwirionedd. Ond mae'n debyg y bydd.'

'*Que sera sera*,' meddai'r mochyn.

Bu'n synfyfyrio am rai munudau ac yna gofynnodd, 'Be sy wnelom ni â hyn i gyd?'

'Does gan Gulhwch ddim gobaith o fedru gneud yr holl dasga 'ma ar ei ben ei hun, felly mae o wedi gofyn i Arthur a'i farchogion roi help llaw iddo. Roedd Arthur yn teimlo rhyw ddyletswydd i'w helpu fo am ei fod yn gefndar iddo.'

'Ia, mae gwaed yn dewach na dŵr, 'dydi?'

'Mae'r rhan fwya o'r tasga a osododd Ysbaddaden wedi cael eu gneud bellach, ond mae'r ymchwiliad sydd ar droed yn un arbennig o ddiddorol. Dyna pam yr ydwi wedi trefnu i ti fod yn rhan ohono fo.'

'Be'n hollol ydi o?'

'Maen nhw'n mynd i chwilio am Fabon fab Modron.'

'Pwy ar y ddaear ydi o?'

'Dyna ddigon am heno, Porchellan bach. Rydwi wedi ymlâdd. I'r gwely 'na. Rydan ni wedi cael diwrnod prysur. Cei glywad gweddill yr hanas fory.'

Bore drannoeth roedd y dewin a'r mochyn yn eistedd mewn gardd flodau hyfryd a arweiniai o gefn yr ogof.

'Ew, maen nhw'n cael hwyl ar y garddio,' meddai Porchellan. 'Mae'n braf cael eistadd yn yr haul yng nghanol yr holl floda 'ma.'

'Ydi. Ymlacia am funud ac mi gei di glywad am Fabon fab Modron. Mae o'n heliwr medrus iawn yn ôl y sôn. Byddai'n wych petaem yn medru ei gael o i'n helpu ni i hela Twrch. Ond rhaid inni ddod o hyd iddo fo yn gynta.'

'Pam? Ydi o ar goll?'

'Ydi, gwaetha'r modd. Cafodd ei gipio oddi wrth ei fam pan oedd o'n dair noson oed.'

'Sut wyddost ti ei fod o'n heliwr medrus felly?'

'Mae rhywun yn clywad y petha 'ma.'

'Ella ei fod o wedi marw.'

'Paid â bod mor wirion. Go brin y byddai Arthur yn ein harwain ni i gyd ar gyfeiliorn.'

'Os ydi o wedi bod ar goll cyhyd, lle ydan ni am ddechra chwilio amdano fo?'

'Bydd yn rhaid inni ofyn am gyngor yr anifeiliaid hyna.'

'Mae hynna'n swnio'n ddiddorol.'

'Ydi. Maen nhw'n deud eu bod nhw'n werth eu gweld. Mae eu cof nhw yn mynd yn ôl mor bell fel nad oes neb ar y ddaear ond y nhw'n gallu cofio'r amseroedd hynny. Ella eu bod nhw'n gwybod be ydi hanas Mabon.'

Roedd Porchellan yn mynd yn fwy a mwy cynhyrfus fel y nesâi'r amser i fynd ar yr ymchwiliad.

'Ga'i weddnewid i fynd ar yr ymchwiliad? Ga'i fod yn farchog? Ga'i fy ngheffyl fy hun?'

'Ddim y tro yma, mae arna'i ofn,' meddai Myrddin. 'Rydan ni wedi penderfynu y byddai'n well iti aros fel mochyn. Byddi di'n cymryd llai o le, a does gynnon ni ddim digon o geffyla i sbario un i chdi.'

'Dim ots. Mae'n fraint cael ymuno ag Arthur a'i farchogion hyd yn oed fel mochyn,' meddai Porchellan yn fawrfrydig. 'Fyddi di yn dŵad efo ni, Myrddin?'

'Ddim i chwilio am Fabon. Ond mi hoffwn i fynd i hela'r Twrch Trwyth os na fydd fy nghryd cymala yn rhy ddrwg. Ac os bydd gen i'r amsar.'

'Prysur, ia? Projecta pwysig? Hysh-hysh ac ati, ia?'

Rhoddodd Myrddin winc fach slei.

10

Drannoeth daeth Myrddin at y mochyn amser brecwast. 'Mae'n mynd i gymryd peth amsar eto cyn fydd pob dim yn barod ar gyfer yr ymchwiliad. Dydwi ddim yn rhy brysur ar hyn o bryd. Fyddet ti'n lecio mynd ar ryw drip bach fory?'

'Pa fath o drip?'

'Fyddet ti'n lecio cyfarfod dewin gwirioneddol bwerus?'

'Roeddwn i'n meddwl fy mod i'n siarad efo un ar y funud.'

Gwenodd Myrddin. 'Ella wir, ond mae'r dewin yma ychydig yn wahanol.'

'Ym mha fodd?'

'Mae o'n hynod o glyfar, ond mae o'n gallu bod yn dwyllodrus ac yn ddichellgar.'

'Dydi o ddim yn swnio'n hoffus iawn.'

Meddyliodd Myrddin cyn ateb. 'Ti'n iawn. Dydi "hoffus" ddim yn ansoddair y byddwn i'n ei ddefnyddio i'w ddisgrifio fo.'

'Be 'di ei enw fo?'

'Gwydion.'

'Un o dy ffrindia di ydi o, ia?'

'I fod yn gwbwl onast fedra'i ddim ei ddisgrifio

fo fel ffrind. Mae'n anodd closio ato fo rywsut. Mae
'na rywbeth cyfrinachgar ynddo fo. Ac eto mae'n
medru bod yn gwmni hynod o ddifyr, ac mae'n cael ei
ystyried yn un o'r cyfarwyddiaid gora yng Nghymru.
Gall gyfareddu ei wrandawyr wrth adrodd stori. Mae
ein llwybra ni wedi croesi o dro i dro ac rydan ni wedi
cyfnewid ambell i swyn dros y blynyddoedd. Ond
fe anfonodd negas ata'i ryw ddeuddydd yn ôl yn fy
ngwahodd i fynd i'w weld o fory gan fod ganddo fo
rywbeth arbennig iawn i'w ddangos imi.'

'Be allai hynny fod?'

'Dwn i ddim. Ond o nabod Gwydion gelli fentro y
bydd o'n ddiddorol.'

'Ble mae o'n byw?'

'Ar hyn o bryd mae o yng Nghaer Dathyl efo'i
ewythr Math.'

'Roedd rhywun yn sôn am Math y dydd o'r blaen.
Fo ydi Arglwydd Gwynedd, te? Ac mae o'n ddewin
hefyd, 'dydi?'

'Mae ganddo ynta bwerau hud ardderchog ond
dydi o ddim yn yr un cae â Gwydion.'

'Ble mae Caer Dathyl?'

'Rhyw wyth milltir o fa'ma ar yr arfordir.'

'O, rydwi'n lecio'r syniad o drip i lan y môr.'

'Paid â thrafferthu dod â bwced a rhaw. Fe fyddan
ni'n cychwyn ddechra'r pnawn fory gan ein bod wedi
ein gwahodd i ginio efo Gwydion a Math gyda'r nos.
Mae Gwydion yn deud y cawn ni wylio ei "arbrawf"
o bore wedyn.'

'Wel, hyd yn oed os na cha'i gyfle i neud cestyll tywod, mae'n rhaid cyfadda fod "arbrawf" yn swnio'n ddiddorol.'

'Os mai Gwydion sydd am ei neud o fallai y byddai "amheus" neu hyd yn oed "sinistr" yn nes ati.'

'Dwyt ti ddim yn ei lecio fo, nac wyt ti, Myrddin?'

Nid atebodd y dewin.

'Sut fydda'i'n mynd yno? Fel mochyn ynte fel bachgen?'

'Rydwi'n meddwl y byddai'n well iti fynd fel bachgen. Gallai fod yn anodd esbonio i Gwydion sut yr ydwi wedi cael gafael ar fochyn sydd nid yn unig yn medru siarad ond yn hynod o ddeallus.'

Gwnaeth Porchellan ryw ystum bach o swildod.

'Dim angen hynna,' meddai Myrddin. 'Dydi gwyleidd-dra ddim yn gweddu iti. Cwbwl groes i natur.'

Roedd yn rhaid i'r mochyn wenu, yna gofynnodd, 'Os ydi Gwydion yn ddewin mor fedrus, neith o ddim sylweddoli ar unwaith nad ydw i ddim yn fy ffurf naturiol?'

'Paid â phoeni am hynna. Mi fydda'i wedi gosod swyn amddiffynnol cryf o dy gwmpas di na fedrith o byth dreiddio drwyddo fo. Mi ddeuda'i dy fod yn or-nai imi. Mi gyferia'i atat ti fel "Ieuan".'

'Oes gen ti or-nai o'r enw Ieuan?'

'Ddim am wn i, ond fydd Gwydion ddim callach.'

'Pam Ieuan?'

'Pam ddim? Enw bach syml, di-lol. Fyddai'n well

gen ti gael rhywbeth mwy ecsotig? Tiglath-pileser? Melchisedec? Elvis?'

'Rydwi'n meddwl rywsut y byddai Ieuan yn fwy credadwy.'

'A sôn am neiaint, rydwi wedi clywad fod Lleu, nai Gwydion, yn aros efo fo ar hyn o bryd.'

'Pwy ydi o?'

'Mab Aranrhod, chwaer Gwydion. Y creadur bach, os oes gan unrhyw un dynged galed mae gan hwnnw.'

Ochneidiodd Porchellan. 'Oes gan bawb yng Nghymru dynged?'

'Wel, mae'n debyg fod gan bawb yn y byd dynged o ryw fath, ond fod rhai pobol yn fwy anffodus na'i gilydd. Sguthan o ddynes ydi'r Aranrhod 'na. Hynod o ddialgar. Roedd arni hi isio celu'r ffaith ei bod hi wedi esgor ar Lleu, ond fe'i gorfodwyd hi gan Gwydion i'w gyfarfod o a'i arddel. I ddial am hynny fe osododd hi dair tynged ar y bachgen. Y gynta oedd na fyddai'n cael enw nes iddi hi roi un iddo.'

'Ond mae ganddo fo enw.'

'Oes, am fod Gwydion wedi llwyddo i'w thwyllo hi i roi'r enw iddo. Fe gyfeiriodd hi ato fo fel "y Lleu", sef y llanc penfelyn, a phenderfynodd Gwydion y byddai hwnnw'n enw hollol addas. Yna fe ddeudodd hi na fyddai o byth yn cael arfau heb iddi hi eu rhoi nhw iddo fo, ond fe lwyddodd Gwydion i dorri'r dynged honno hefyd. Mae'r drydedd dynged yn fwy anodd o beth wmbrath.'

'Be 'di honno?'

'Ei hunion eiria hi oedd na châi Lleu byth wraig "o'r genedl sydd ar y ddaear ar hyn o bryd". Dydwi ddim yn credu y gall hyd yn oed Gwydion, er ei holl glyfrwch, ddatrys y broblem yna.'

Roedd hi'n bnawn heulog braf drannoeth pan aeth Myrddin a Phorchellan i stablau Arthur i ddewis dau geffyl ar gyfer eu taith i Gaer Dathyl. Cyn hir roeddent yn mynd yn hamddenol i lawr o'r mynydd i gyfeiriad y môr. Ar un ochr gallent weld caeau gwyrddion Ynys Môn ar draws afon Menai, ac yn y pellter roedd yr Eifl ar y gorwel mewn rhyw darth ysgafn tesog.

'O, mae'n ddiwrnod bendigedig, 'dydi?' meddai Myrddin. 'Gneud i rywun deimlo'n falch ei fod o'n fyw.'

'Fedret ti ddim bod yn ddim byd arall, na fedret?'

'Fedrwn i fod wedi marw.'

'Na fedret, siŵr iawn. Rwyt ti'n anfarwol.'

'O, ydw, wedi meddwl. Ond paid â hollti blew. Edrycha o dy gwmpas a gwerthfawroga harddwch yr ardal 'ma. Rydwi'n hynod o lwcus. "Y llinynnau a syrthiodd i mi mewn lleoedd hyfryd".'

'Salm 16,' meddai'r mochyn.

'Ia, mi wn i, ond paid â dangos dy hun. A chofia'n arbennig beidio â gneud hynny yng nghwmni Gwydion. Rhaid iti gofio mai fy ngor-nai Ieuan wyt ti i fod. Rydwi wedi rhybuddio Gwydion dy fod di'n dŵad efo fi a dy fod di braidd yn dwp.'

'Nefoedd! Sut fedra' i o bawb gyfleu hynny?'

Cyn hir roeddent ar ffordd yr arfordir yn mynd tua'r gorllewin. Ychydig o'u blaenau gallent weld rhyw ddwsin o bererinion yn gorffwys ac yn trochi eu traed blinedig mewn ffrwd fach a redai'n gyfochrog â'r ffordd.

'Be 'di eu hanas nhw, sgwn i?' gofynnodd Porchellan.

'Mae'n debyg eu bod nhw o wahanol rannau o ogledd Cymru ac wedi dŵad at ei gilydd yn ystod y daith. Reit siŵr eu bod nhw wedi bod yn gofyn am fendith Deiniol Sant ym Mangor cyn symud ymlaen i Gaernarfon i orffwys a phrynu rhagor o fwyd. Anelu am Eglwys Beuno Sant yng Nghlynnog Fawr maen nhw rŵan. Ond Ynys Enlli, wrth gwrs, fydd diwedd eu taith.'

Erbyn hyn roeddent wedi dod at y pererinion. Roedd Myrddin wrth ei fodd o gael cyfle i eistedd i lawr a sgwrsio am dipyn. Holodd hwy am eu teithiau. Roedd un neu ddau wedi bod cyn belled â Rhufain; un arall wedi mynd mewn cwch i Sbaen a chael cyfle i ymweld â Santiago de Compostela, ond nid oedd gan y mwyafrif obaith o fynd dim pellach nag Enlli. Ymunodd Porchellan â'r sgwrs yn eiddgar gan ei fod yntau ar ei deithiau wedi gweld nifer o'r rhyfeddodau y soniai rhai o'r pererinion amdanynt. Roeddent yn gwmni difyr ond roedd yn rhaid i Fyrddin a Phorchellan symud ymlaen.

'Mae gynnoch chi dipyn o daith o'ch blaen eto,'

meddai Myrddin, 'ond rydan ni yn tynnu at ben ein siwrna.' Ffarweliodd y ddau â'r teithwyr gan ddymuno mordaith ddiogel iddynt ar draws y Swnt peryglus i Enlli.

Cyn bo hir medrent weld Caer Dathyl yn y pellter. Roedd y gwylwyr ar y tyrau wedi gweld Porchellan a Myrddin yn dod, ac fel yr aethant i mewn drwy'r porth rhedodd gweision allan i gymryd eu ceffylau i'r stablau a'u harwain hwythau i'r neuadd fawr. Yno cawsant groeso cynnes gan Gwydion a Math. Cyn hir roedd y tri dewin yn ymlacio'n braf, eu sgwrs yn frith o gyfeiriadau at swynion a dirgeledigaethau hud a lledrith. Gwrandawodd Porchellan yn astud, gan ryfeddu at ddyfnder eu gwybodaeth. Roedd ar fin ymuno â'r sgwrs a gofyn cwestiwn pan edrychodd Myrddin arno'n llym ac ysgwyd ei ben yn gynnil. Cofiodd yntau nad Porchellan ydoedd bellach ond yr Ieuan twp. Aeth ati i greu'r argraff honno drwy arbrofi â gwahanol ystumiau â'i wyneb. Un munud roedd yn syllu'n gegrwth, yna'n gwenu'n wirion neu'n gwgu'n ffyrnig.

Wrth iddynt fynd i fyny i'w hystafell i ymolchi cyn cinio, trodd y dewin at Porchellan a dweud yn bur ddig, 'Paid â gor-wneud yr actio 'na gymaint, wir. Dim ond twp wyt ti i fod, nid gwallgo. Ddaru Math ofyn imi a oes 'na goll arnat ti. Bu'n rhaid imi neud esgus fod gen ti boen yn dy fol. Dipyn bach llai o giamocs dros ginio, os gweli di'n dda. Eistedda'n ddistaw a llonydd. Dim mwy. Os wyt ti'n edrach yn rêl ffŵl ella na chei di ddim dy wahodd i weld arbrawf Gwydion fory.'

'Oes gen ti unrhyw syniad faint o straen ydi o imi orfod llesteirio fy athrylith a fy ngharisma naturiol?'

'O, taw wir, neno'r dyn, a dos i molchi.'

Roeddent yn amlwg yn byw'n foethus yng Nghaer Dathyl. Gwegiai'r byrddau â phob math o seigiau. Roedd Gwydion a Math am greu argraff ar Fyrddin, os nad ar ei or-nai disylw. Bob hyn a hyn edrychai Gwydion ar Porchellan yn dreiddgar, ac ofnai Myrddin ei fod wedi synhwyro fod rhywbeth yn wahanol ynghylch y bachgen. Ond trodd oddi wrtho pan ddaeth ei nai Lleu i mewn i'r neuadd ac ymuno â hwy wrth y bwrdd. Gwenodd y llanc ifanc penfelyn yn swil ac ymddiheuro am fod yn hwyr. Esboniodd ei fod wedi bod yn hela ac wedi cael y fath hwyl arni nes iddo anghofio'r amser.

'Hidia befo,' meddai Gwydion. 'Dydan ni prin wedi dechra byta eto. Tyrd, iti gael cyfarfod fy hen ffrind Myrddin a'i ... y ... or-nai.'

Cyn hir roedd yn amlwg fod Gwydion wedi anghofio am Porchellan. Roedd mewn hwyliau da, yn adrodd hanesion difyr, yn bennaf am ei gampau ef ei hun. Bu'n rhaid i Porchellan gydnabod ei fod yn sicr yn storïwr heb ei ail. Roedd y cwmni mor ddifyr nes iddi fynd yn bur hwyr heb iddynt sylwi.

'Mae'n well inni ei throi hi am y gwely,' meddai

Gwydion. 'Mae angen gorffwys ar Math a finna fel y byddwn ni'n barod ar gyfer ein tasg anodd fory. Mi wnawn ni gyfarfod gyda'r wawr yn yr iard fewnol. Ac yna, Myrddin, rydwi'n gobeithio dangos iti y math o hud a lledrith na wnest ti erioed freuddwydio oedd yn bosib.'

Nid oedd y wawr yn ddim mwy na rhimyn bach gwan o oleuni ar y gorwel pan ddaeth un o'r gweision i alw ar y dewin a'r mochyn fore trannoeth. Gwisgodd y ddau yn frysiog a mynd i lawr i'r iard. Roedd Gwydion, Math a Lleu yno yn disgwyl amdanynt. Yng nghanol yr iard safai crochan enfawr, yn llawn o ryw hylif tew gwyrdd. Plygai Gwydion drosto gan droi'r hylif yn ffyrnig â ffon hir. Wrth ei draed roedd twmpath o blanhigion. Aeth Myrddin atynt i weld beth oeddent, gan fod ganddo ddiddordeb mawr mewn planhigion o bob math.

'Mi wela'i dy fod yn defnyddio bloda'r dderwen, banadl ac erwain. Dim llawer o amrywiaeth. Dwn i ddim be rwyt ti'n ei baratoi, ond fyddwn i ddim yn meddwl y medret ti neud fawr ddim efo rheina.'

Trodd Gwydion ato'n chwyrn, 'Dwyt ti ddim yn meddwl fy mod am ddangos yr holl gynhwysion iti, nac wyt?' Ychwanegodd yn sbeitlyd, 'Mi gei di dipyn o sioc cyn bo hir, hen ffrind, coelia fi.'

Roedd yn dal i droi'r hylif gan fwmian rhyw eiriau annealladwy. Bob hyn a hyn codai rhyw bwff bach tila o darth o'r crochan. Rhegodd Gwydion dan ei wynt a throi'r hylif yn ffyrnicach.

'Dydi'r cythral peth ddim yn gweithio, nacdi?'

'Mi ddeudis i fod angen mwy o floda'r dderwen, do?' meddai Math yn dawel.

'Pwy ddiawl sy'n gneud yr arbrawf 'ma, chdi ta fi?'

Nid atebodd Math, ond pan drodd Gwydion ei gefn am funud i ddweud rhywbeth wrth Lleu, sylwodd Porchellan fod Math wedi taflu dyrnaid o flodau'r dderwen i mewn i'r crochan. Yn sydyn cynhyrfodd yr hylif. Dechreuodd dewhau a magu rhyw fath o siâp. Yna daeth fflach lachar o olau o'r crochan a neidiodd merch ifanc hardd allan ohono. Rhoddodd Gwydion floedd fuddugoliaethus. Gwenodd Math yn dawel. Ni ddywedodd Lleu ddim ond syllu'n syn. Safai Porchellan yn gegrwth, ei lygaid yn pefrio. Roedd Myrddin wedi gwelwi. 'Duw a'n helpo,' meddai'n ddistaw.

Safai'r ferch yno, yn crynu yn ei noethni yn awel fain y bore. Roedd ei gwallt yr un lliw yn union â blodau'r banadl, a'i chroen yr un lliw hufennog â'r erwain. Tynnodd Math ei glogyn a rhuthro ati i'w lapio amdani. Trodd Gwydion at Myrddin.

'Clyfar, te? Doeddat ti ddim yn disgwyl dim byd fel'na, nac oeddat?'

Nid atebodd Myrddin yr un gair.

Cyn hir roedd Gwydion, Math a Lleu mor brysur yn gofalu am y ferch fel eu bod yn amlwg wedi llwyr anghofio am Myrddin a Phorchellan.

'Dyna ti, Lleu,' meddai Gwydion. 'Rydwi wedi dy ryddhau di rŵan o bob un o dyngheda dy fam. Dyma ferch nad yw o unrhyw hil ar wyneb y ddaear. Hi fydd dy wraig di. Fe wnawn ei galw hi'n "Blodeuwedd" gan iddi gael ei chreu o floda.'

'Rydwi'n meddwl fod yn well i ni fynd o 'ma,' sibrydodd Myrddin yng nghlust Porchellan. 'Tyrd yn ddistaw. Maen nhw mor brysur yn potsian efo'r hogan druan 'na fel na fyddan nhw ddim yn sylwi.'

Ac yn wir ni wnaeth Gwydion, Math a Lleu ddim mwy na nodio'n ddidaro wrth i'r dewin a'r mochyn sleifio allan o'r iard.

Cyn hir roeddent wedi casglu eu heiddo a'r ceffylau, a dechrau marchogaeth ar hyd ffordd yr arfordir. Nid oedd Myrddin wedi yngan yr un gair ers iddynt adael Caer Dathyl, dim ond syllu'n synfyfyriol i'r pellter. Teimlai Porchellan yn anghyfforddus, ond mentrodd ofyn, 'Ai'r Gelfyddyd Ddu welson ni yn fanna, Myrddin?'

Oedodd y dewin am funud ac yna atebodd yn dawel, 'Os nad oedd hi'n hollol ddu, roedd hi'n llwyd tywyll iawn, ngwas i.'

Aethant yn eu blaenau mewn distawrwydd. Prin y talai Myrddin, a oedd bob amser mor barod i sgwrsio, unrhyw sylw i'r teithwyr eraill ar y ffordd. Ar ôl rhyw chwarter awr ceisiodd Porchellan dynnu ei sylw unwaith eto, ac meddai mewn llais bach petrus, 'Rydwi wedi llwgu, Myrddin. Ydan ni am gael brecwast?'

'O, Porchellan bach, mae'n wir ddrwg gen i. Roeddwn i wedi cael y fath fraw bore 'ma nes imi anghofio'n llwyr nad oeddan ddim wedi byta dim heddiw. Mae 'na dafarn fach ryw filltir neu ddwy o fa'ma. Mi awn ni yno i gael brecwast.'

Ni chawsant gyfle i sgwrsio mwy gan eu bod wedi cyrraedd y dafarn. Hyd yn oed mor gynnar yn y dydd roedd y lle'n brysur gyda theithwyr wrthi'n bwyta neu'n prynu bwyd ar gyfer eu siwrnai. Cythrodd Porchellan yn awchus at y bara a chaws a'u golchi i lawr â thancard o gwrw. Roedd yr un lluniaeth o flaen Myrddin, ond ni wnaeth ef ddim mwy na gwthio'r bwyd yn ôl ac ymlaen ar ei blât a synfyfyrio.

Cyn hir roeddent yn ôl ar y ffordd. Roedd y dewin yn annaturiol o dawedog a mentrodd Porchellan ofyn, 'Wyt ti ddim yn dda, Myrddin?'

'Rydwi'n iawn o ran iechyd, ond fy mod wedi fy mrawychu a'm siomi'n ofnadwy. Roeddwn i'n gwybod fod Gwydion yn rhyfygus ei natur, ond mae o wedi mynd yn rhy bell y tro 'ma. Yn rhy bell o lawar. Mae o wedi ymyrryd â deddfau natur. Duw yn unig ydi creawdwr popeth. Fo ddaru greu dyn ar ei ddelw ei hun. A dyma Gwydion yn meiddio ymhél â'r fath betha. Mae'n gableddus, yn bechadurus, yn ffiaidd. Fyddwn i ddim yn cymryd y byd â chyffwrdd â swynion o'r fath. Be oedd ar Math yn ei gefnogi fo yn y fath ryfyg? Reit siŵr fod Gwydion rŵan yn meddwl fy mod i'n genfigennus ohono fo am ei fod mor glyfar yn ei dyb ei hun, ac mai dyna pam yr aethom ni o

Gaer Dathyl mor ddiseremoni. Ond dydwi ddim yn genfigennus. Dim o gwbwl. Rydwi'n edmygu ei sgilia fo'n fawr iawn pan mae o'n eu defnyddio nhw er daioni. Ac i fod yn deg, fallai ei fod o'n credu ei fod yn gneud daioni yn yr achos hwn drwy geisio rhyddhau Lleu o'i dynged. Fallai fod y bwriad yn ddiffuant, ond nid dyma'r ateb i'r broblem. Rydwi'n deud wrthyt ti rŵan na ddaw dim da o hyn i gyd.'

'Wyddost ti be, Myrddin, mae gen i ryw biti dros Blodeuwedd.'

'A finna hefyd. Fe fydd y greaduras bach fel rhyw byped yn nwylo Gwydion, i hwnnw dynnu ei llinynnau hi fel y mynnith o. Mae hi'n dlws iawn, 'dydi?'

'Nacdi.'

'Nacdi? Doeddet ti ddim yn meddwl ei bod hi'n ddel?'

'Nac oeddwn. Mae ei llygaid hi'n rhy fawr a chrwn. Mae hi'n f'atgoffa i o dylluan.'

Aeth rhyw gryndod dros Myrddin. Sylwodd Porchellan fod yr hen ŵr wedi gwelwi.

'Be sy? Wyt ti'n sâl?'

'Nacdw. Dydi o'n ddim byd. Dim ond rhyw fflach fach sydyn o ragwelediad. Paid â chymryd sylw. Fy nychymyg i sy'n gorweithio, reit siŵr, a'r ffaith fod rhyw hen dylluan wedi fy nghadw i'n effro am oria neithiwr yn hwtian y tu allan i ffenast y llofft.'

'O daria. Diolch byth na chlywis i mohoni hi.

Mae'n gas gen i dylluanod. Adar y Fall ydyn nhw yn rhagfynegi gwae.'

'Naci, siŵr. Ond maen nhw'n medru bod yn swnllyd iawn.'

Erbyn hyn roeddent wedi troi oddi ar ffordd yr arfordir ac yn dringo'n araf i gyfeiriad y mynyddoedd. Roedd Myrddin fel petai'n sirioli drwyddo gyda phob cam. Erbyn iddynt gyrraedd y Llys roedd wedi dod ato'i hun yn bur dda.

'Tyrd, Porchellan bach. Gad inni anghofio be welsom ni bore 'ma. Paid â sôn am y peth wrth neb. Os wnaiff Gwydion benderfynu deud wrth y byd rywbryd o ble y daeth Blodeuwedd, ei fusnas o ydi hynny. Does arna'i ddim isio dim rhan ynddo fo. I ddeud y gwir, rydwi'n difaru f'einioes imi erioed fynd i Gaer Dathyl. Rydwi'n teimlo'n euog fy mod i wedi gadael iti weld hud a lledrith mor amheus. Ond cofia fod petha o'r fath yn digwydd yn yr hen fyd 'ma, a chadwa di draw oddi wrth y sawl sy'n ymhél â phetha mor halogedig. Gad inni sôn am faterion hapusach a meddwl am dy ddyfodol di rŵan. Mae gen ti ddigon i edrych ymlaen ato. Mi wn i y cei di anturiaetha difyr. Cyn hir fe fyddi di'n cychwyn ar dy ymchwiliad cynta.'

II

Roedd Myrddin yn iawn. Ymhen rhyw wythnos roedd popeth yn barod ar gyfer yr ymchwiliad. Wrth lwc, roedd hi'n fore braf a heulog pan ymgynullodd pawb yn iard y Llys i gychwyn ar yr antur fawr.

'Be ydi rhagolygon y tywydd yn dy belen hud di, Myrddin?' gofynnodd Porchellan.

'Ffrynt cynnes yn croesi Cymru o'r gorllewin. Gwyntoedd ysgafn o'r de-orllewin. Rhai cawodydd dros y brynia o bosib gyda'r nos ddydd Mawrth. Gwyntoedd yn cryfhau ar arfordir y gogledd ddydd Iau. Oes arnat ti isio'r tywydd ar y môr hefyd?'

'Dim ar y funud, diolch.'

Roedd Porchellan wrth ei fodd yng nghanol holl gynnwrf y paratoadau. Yn ei ffurf naturiol fel mochyn rhedai o gwmpas yn mynd dan draed pawb. Nid oedd unrhyw syndod ei fod wedi cynhyrfu. Roedd yn olygfa wych: y meirch yn eu gêr crandiaf, arfwisg y marchogion yn sgleinio yn yr haul a'r plu lliwgar ar eu helmedau'n cyhwfan yn ysgafn yn yr awel. Ar ben yr osgordd eisteddai Arthur ar gefn ei farch yn ei holl ogoniant.

'Farchogion y Ford Gron,' meddai. 'A Porchellan.

Rydym ar fin cychwyn ar berwyl hynod bwysig. Mae Cymru yn disgwyl i bob un neud ei ddyletswydd.'

'Gwreiddiol ar y naw,' meddai'r mochyn.

'Wyt ti'n barod rŵan?' gofynnodd Myrddin. 'Fe fyddan nhw'n cychwyn cyn bo hir.'

'Rydwi isio gofyn un peth. Mi wn i fod yna bump o'r anifeiliaid hyna. Pa un ydan ni'n mynd i'w weld gynta?'

'Wel, mae 'na gryn ddadla wedi bod ynghylch hynna. Roedd y rhan fwya o'r marchogion isio dechra efo Mwyalch Cilgwri, ond mynnodd Arthur mai Carw Rhedynfre ddylai ddod yn gynta. Ei esgus oedd mai'r Carw sydd yn byw agosa, ac y gallent fynd i'w weld o cyn symud ymlaen at yr anifeiliaid eraill os nad oedd o'n gwybod hanas Mabon fab Modron. Ond mewn gwirionedd rydwi'n meddwl fod ar Arthur dipyn o ofn y Carw a'i fod am gael yr ymweliad ag o drosodd cyn gynted â phosib.'

'Wnes i erioed feddwl fod ar Arthur ofn unrhyw beth. Er, rydwi wedi clywad ei fod yn osgoi'r frenhinas pan mae hi'n cael un o'i strancs.'

'Wel, mae hynna'n ddigon i godi ofn ar unrhyw un.'

'Pam fod arno fo ofn y Carw?'

'Ella fod "ofn" yn air rhy gry mewn gwirionedd. Dim ond fod yn rhaid iddo ei drin o mor ofalus. Mae'r Carw yn medru bod yn hynod o bwdlyd. Yn ymwybodol iawn o'i bwysigrwydd ei hun. Os nad ydi o'n cael y sylw mae'n tybio ei fod yn ei haeddu mae o'n llyncu mul am ddyddia. Petai o'n clywad fod Arthur wedi ymgynghori ag un o'r anifeiliaid eraill cyn dŵad ato fo, fe fydda'n gwylltio a fallai'n gwrthod siarad efo ni o gwbwl.'

'Dipyn o brima donna, ia? Fel y frenhinas.'

'Cadwa dy lais i lawr, wir. Well inni symud. Rwyt ti am rannu ceffyl efo Maelwys,' meddai'r dewin gan arwain y mochyn at facwy ifanc bochgoch a oedd eisoes ar gefn ei geffyl. Cododd Myrddin y mochyn a'i osod ar y cyfrwy o flaen Maelwys.

Dechreuodd yr osgordd symud tua'r porth mawr. Estynnodd Myrddin ei law allan a rhoi pat bach annwyl i droed y mochyn. 'Pob lwc. Cymera ofal. Mi fydda'i'n dilyn dy hynt di yn y belen hud.'

Safai'r frenhines a rhianedd y Llys yn un twr wrth y porth. Sychodd Gwenhwyfar ei llygaid yn ffyslyd â hances boced fach, cyn camu ymlaen a dweud, 'Rhwydd hynt i chi i gyd, gyfeillion. Pob llwydd i'ch menter ddewr. Byddwn yn aros yn eiddgar i'ch croesawu yn ôl yn fuddugoliaethus.' Yna chwifiodd yr hances ac i ffwrdd â'r osgordd.

Roedd Myrddin wedi ceisio dysgu'r mochyn i fod yn gwrtais a moesgar, felly teimlai y dylai wneud ymdrech i gynnal sgwrs gyda Maelwys.

'Wyt ti wedi bod ar lawer o ymchwiliada?' gofynnodd.

Nid atebodd Maelwys am sbel ac yna dywedodd, 'Wyt ti'n lecio ceffyla?'

'Dydwi erioed wedi meddwl ryw lawer amdanyn

nhw. Fedra'i ddim deud eu bod nhw'n rhan annatod o 'mywyd i. Maen nhw'n ffordd iawn o fynd o A i B pan ydwi ar ffurf ddynol.'

Edrychodd Maelwys arno'n syn. 'Dyna'r cwbwl? Fedra'i ddim dechra deud wrthyt ti mor hoff yr ydw i o geffyla.' Ond aeth ymlaen i wneud hynny'n eiddgar. Soniodd am ei geffyl ef ei hun, am geffyl ei dad, am geffyl ei daid, am geffyl Arthur a cheffyl Culhwch cyn mynd ymlaen i sôn am rinweddau a gwendidau ceffylau Bedwyr, Cai, Lanslod a'r rhan fwyaf o'r marchogion a oedd yn yr un rhan o'r osgordd â nhw. Aeth hyn ymlaen ac ymlaen am hydoedd. Dechreuodd Porchellan bendwmpian. Yn sydyn sylweddolodd fod Maelwys wedi dweud rhywbeth braidd yn od.

'Be ddeudist ti?' gofynnodd. 'Fod gen ti gefndar efo un ar bymtheg o ddwylo? Oes ganddo fo wyth ar bob ochr? Anghyfforddus braidd. Ydi o yr un mor ddeheuig efo bob un? Gafodd o ei eni fel'na neu gael ei felltithio gan ryw wrach?'

'Am be wyt ti'n baldareuo?' gofynnodd Maelwys.

'Am dy gefndar di efo un ar bymtheg o ddwylo.'

'Does gen i ddim o'r fath beth. Mae fy nghefndryd i i gyd yn hollol normal.'

'Ti soniodd amdano fo funud yn ôl.'

'Naddo, y lembo. Be ddeudis i oedd fod ceffyl fy nghefndar yn un llaw ar bymtheg o daldra.'

'Nid dyna'r term cywir,' meddai Porchellan. 'Fesul dyrnfedd nid fesul llaw mae mesur taldra ceffyl.'

'Be wyddost ti am geffyla?'

'Dim llawer, mae'n wir, ond mae'r Gymraeg yn ei disgleirdeb ar fy ngwefusa i,' meddai'r mochyn â gwên fach hunanfoddhaus.

Pwdodd Maelwys, ond nid oedd hynny'n poeni Porchellan ryw lawer gan ei fod wedi penderfynu nad oedd erioed yn ei oes wedi cyfarfod neb mor ddiflas â'r macwy. Ac roedd Porchellan yn gwybod beth oedd gwir ystyr diflastod ar ôl gwrando ar gymaint o ddarlithoedd ym mhrifysgolion y cyfandir. Roedd hyd yn oed wedi siarad â Gerallt Gymro.

Aeth yr osgordd yn ei blaen ddydd ar ôl dydd ac aeth Maelwys ymlaen ac ymlaen i sôn am geffylau ddydd ar ôl dydd. Penderfynodd Porchellan gau allan sŵn llais y macwy drwy chwarae gêm eiriau yn ei ben. Ceisiodd feddwl am enwau cymaint â phosibl o anifeiliaid yn nhrefn yr wyddor.

'Afanc, arth, abwydyn ... ydi hwnna'n cyfri fel anifail, sgwn i ... asyn,' meddai wrtho'i hun dan ei wynt. Parodd y gair 'asyn' iddo droi ei sylw'n ôl at Maelwys. Sylweddolodd fod y macwy o bosib wedi dweud rhywbeth a allai fod yn ddiddorol.

"Dydi hi'n fendigedig?'

'Pwy? Ble?' gofynnodd Porchellan gan edrych yn wyllt o'i gwmpas yn y gobaith o weld rhiain brydferth, o bosib mewn helbul ac angen ei hamgeleddu.

'Caseg Gwalchmai, te? 'Dydi hi'n hardd!'

Ochneidiodd Porchellan. Aeth yn ôl i chwarae ei gêm eiriau.

'Ci, cath, cadno, carlwm, carw, ceffyl ... Naci. Anghofiwn ni am y bali ceffyl.'

Aeth yr osgordd ymlaen ac ymlaen.

'Mochyn, malwan, mwnci, madfall, morgrugyn, magïen ... roedd honna'n dipyn o strocan ... mul,' meddai Porchellan, a oedd wedi cyrraedd y llythyren M erbyn hyn. Gyda'r gair 'mul' trodd ei sylw yn ôl at Maelwys a sylweddoli fod y macwy wedi distewi. Ar ôl dipyn dechreuodd y mochyn aflonyddu. Er mor ddiflas oedd sgwrs Maelwys, roedd yn well gan y mochyn hynny na distawrwydd.

'Ble rydan ni rŵan?' gofynnodd.

'Dim syniad,' meddai Maelwys.

Aethant yn eu blaenau.

'Teigar, tapir ... Ewadd, rydwi wedi laru ar y gêm 'ma,' meddai Porchellan dan ei wynt.

Ar ôl rhyw filltir neu ddwy arall ceisiodd dynnu sylw Maelwys eto.

'Lle ydi'r pentra 'na yn fancw?'

'Dim syniad.'

'Oes gen ti syniad am unrhyw beth?'

'Oes, debyg iawn. Mae gen i syniad da iawn am sut i drin ceffyla, ac rydwi'n gwybod beth wmbrath amdanyn nhw. Leiciet ti glywad am yr ebol mae caseg fy mrawd newydd ei gael?'

'Dim diolch,' sgrechiodd y mochyn.

Aethant yn eu blaenau.

'Wnawn ni weld y Carw 'ma cyn hir?' gofynnodd

Porchellan, gan droi at farchog ifanc oedd yn digwydd mynd heibio.

'Gwnawn, reit siŵr. Arhosa dipyn,' atebodd hwnnw.

'Mi fyddai'n haws gen i aros am Godot,' meddai'r mochyn.

Aethant yn eu blaenau.

'Ych, ysgyfarnog, ystlum ... Argol fawr. Dyna ddiwedd yr wyddor.' Roedd Porchellan bellach yn llwyr ar drugaredd Maelwys a'i hanesion diflas. Dechreuodd ystyried a fyddai'n werth iddo neidio oddi ar gefn y ceffyl a thrawsymud yn ôl i'r ogof i chwilio am Myrddin neu gwmni arall difyrrach na'r macwy. Yna'n sydyn clywodd lais yn gweiddi o ben blaen yr osgordd.

'Carw! Carw!'

Ac yno ar godiad tir wrth ochr y lôn safai carw ysblennydd yn syllu i lawr yn drahaus ar yr osgordd. Taflodd ei ben yn ôl i wneud yn siŵr fod pawb yn sylwi ar ei gyrn anferth.

'Carw Rhedynfre ydi hwnna?'

'Ia, mae'n debyg,' meddai Maelwys. 'Piti nad ceffyl ydi o, te?'

Griddfannodd y mochyn a rhoi ei draed blaen dros ei glustiau. Ond cododd ei galon pan welodd Cai yn dod tuag ato. O leiaf roedd yna ryw obaith o sgwrs gall gan hwnnw.

'Anifail wyt ti, te, Porchellan?' meddai Cai.

'Sylwgar dros ben,' meddai'r mochyn.

'Na. Be rydwi'n drio'i ddeud ydi dy fod di'n anifail a bod y Carw yn anifail. Dydan ni ddim yn medru siarad ei iaith o, ond fallai y medri di.'

'Dydwi erioed wedi siarad efo carw. Does gen i ddim syniad am eu hiaith nhw.'

'Reit siŵr fod yna ryw elfen o Indo-Ewropeg ynddi,' meddai Cai. 'Gwna dy ora, beth bynnag. A bydda'n ofalus. Fe wyddost ti mor hunanbwysig ydi o ac mor hawdd pechu yn ei erbyn.'

'Sut wna'i ei gyfarch o?'

'Â'r parch mwya.'

Edrychodd Porchellan yn nerfus i fyny at y Carw.

'Mae'n edrach yn drahaus ac yn chwyrn iawn.'

'Ydi, ond mae'n rhaid iti gyfadda ei fod o'n anifail hynod o hardd.'

'Rydw inna hefyd ond dydwi ddim yn dangos fy hun,' meddai'r mochyn.

'Mater o farn ydi hynna,' meddai Cai.

Fodd bynnag, nid oedd galw am sgiliau ieithyddol Porchellan. Roedd y Carw yn medru siarad Cymraeg perffaith, ond mewn ffordd anhyblyg, ddiacen fel petai'n darllen y newyddion.

'Henffych well, Syr Carw,' meddai Cai mewn llais crand annaturiol, gan ymgrymu'n isel. 'Rydym wedi dod i geisio dy gyngor.'

'Do, mae'n debyg,' meddai'r Carw. 'Rydwi wedi hen arfer â hynny. Ym mha fodd y medraf fod o gymorth?'

'Rydan ni'n chwilio am Fabon fab Modron.'

'Hwnnw eto?' ochneidiodd y Carw.

'Pam? Wyt ti wedi clywed sôn amdano fo?'

'Rydwi wedi laru clywed sôn amdano fo,' meddai'r Carw, a'i acen yn troi'n fwy gwerinol. 'Mae tua chwech o bobol eraill wedi bod yn holi amdano fo eleni.'

Yna camodd Arthur ymlaen a chyfarch y Carw. Plygodd yr anifail ei ben yn gynnil i gydnabod y Brenin. 'Roedd yn naturiol iawn inni ddod i dy weld di o flaen pawb arall, Syr Carw,' meddai Arthur, 'gan ein bod i gyd yn gwybod am dy ddoethineb a'th wybodaeth ddi-ben-draw. A chan dy fod mor hen ac mor brofiadol roeddem yn gobeithio y byddet yn gwybod rhywbeth am Fabon.'

'Mae'n wir fy mod yn ddoeth iawn ac yn hynod o hen,' meddai'r Carw. 'Ac yn awr mae'n debyg fod yn rhaid imi fynd drwy'r truth 'na unwaith eto i brofi hynny.'

'Pa druth?'

'Sut nad oedd gen i ond dau gorn bach, bach pan ddois i yma yn gynta. Fel nad oedd yna'r un goeden yma ond rhyw eginyn bychan o goeden dderw. Fel y tyfodd hwnnw i fod yn dderwen anferth a chanddi gant o ganghennau. Fel y bu farw'r dderwen o henaint yn y diwedd a syrthio. Rŵan does yna ond bonyn bach gwywedig ar ôl.'

'O, bechod,' meddai Porchellan, a oedd wedi llwyr ymgolli yn y stori.

'Nacdi, ddim yn arbennig,' meddai'r Carw. 'Unig bwynt yr hanes hir yna ydi i ddangos fy mod wedi bod o gwmpas am ganrifoedd. Beth bynnag, does gen i'r un syniad lle mae Mabon fab Modron. A ellir ei ddisgrifio fo fel "Person Coll"? Fyddai'n werth cysylltu â Byddin yr Iachawdriaeth o bosib?'

'Fyddan nhw ddim yn cael eu sefydlu am ganrifoedd,' meddai Porchellan.

'Na fyddan? O diar, mae'r llithriadau amser yma yn gallu bod mor ddryslyd fel mae rhywun yn mynd yn hŷn Ond beth sydd i'w ddisgwyl yn fy oed i? Peidiwch ag aflonyddu arna'i ddim mwy. Mae gen i faterion pwysicach i'w hystyried.'

Taflodd ei ben yn ôl yn rhodresgar a cherdded i ffwrdd.

Rhoddodd Arthur ochenaid o ryddhad. 'Doedd hynna ddim yn rhy ddrwg wedi'r cwbwl. Ond dydan ni fawr callach. Croesa enw'r Carw oddi ar y rhestr. Pwy sydd nesa?'

'Mwyalch Cilgwri,' meddai Bedwyr gan ruthro at Arthur a darn o bapur yn ei law.

''Run peth â mwyalchen ydi "mwyalch", te?' gofynnodd Porchellan.

'Ia. Deryn du,' meddai Cai.

'Mae Cilgwri yn Lloegr, 'dydi? Y Wirral, te?'

'Ia. Fanno fydd Penbedw neu Birkenhead ryw ddydd. Ydi'r enw yna yn canu cloch?'

'Ydi, mae o. Rydwi'n cofio Myrddin yn adrodd hanes am ryw steddfod neu'i gilydd, ond fedra'i ddim cofio'r manylion.'

'Mae Birkenhead yn enw a fydd yn taro tant yng

nghalon pob Cymro diwylliedig ryw ddydd,' meddai Arthur. 'Bydd eisteddfod yn cael ei chynnal yno ymhell yn y dyfodol. Ar yr un pryd fe fydd 'na ryfel erchyll yn mynd ymlaen ar y cyfandir. Pan fyddan nhw'n galw enw'r bardd buddugol yn seremoni'r cadeirio fydd neb yn sefyll ar ei draed. Yna fe fyddan nhw'n cyhoeddi fod y bardd wedi cael ei ladd ar faes y gad fis yn gynharach. Ac wedyn fe fyddan nhw'n rhoi gorchudd du dros y gadair wag.'

'O, mae hynna mor drist. Rydwi'n teimlo fel crio,' meddai Bedwyr gan sychu deigryn.

'Tyrd yn dy flaen, Bedwyr,' meddai Arthur yn eithaf chwyrn. 'Llai o hynna. Cofia dy fod yn un o Farchogion y Ford Gron. Yn rhyfelwr. Cofia eiria'r bardd Lladin, Horas: *Dulce et decorum est pro patria mori.*'

Mentrodd Porchellan ddweud yn ddistaw, 'Fe wyddost ti yn dy galon nad ydi hynna ddim yn wir, Arthur.'

12

Roedd y sgwrs am y bardd a gollwyd wedi sobri'r cwmni, ac aethant yn eu blaenau mewn distawrwydd am beth amser. Daeth yr hanes ag atgofion i lawer marchog am ryw gyfaill meidrol neu'i gilydd a gollwyd mewn brwydr. Ond fel roeddent yn nesáu at Gilgwri dechreuasant ymwroli ac edrych ymlaen at gyfarfod y Fwyalch. Buasai'r rhan hon o'r daith yn llawer mwy dymunol i Porchellan. Roedd Cai wedi sylwi nad oedd y mochyn yn rhyw hapus iawn yng nghwmni Maelwys, felly gwahoddodd ef i rannu ei geffyl ef ei hun. Plesiodd hyn y mochyn yn fawr oherwydd roedd Cai yn wybodus ac yn gwmni difyr. Ar ôl rhyw wythnos o deithio cyraeddasant gartref y Fwyalch. Roeddent i gyd yn falch o gael saib gan fod y tywydd wedi mynd yn boeth iawn.

'Wyt ti'n medru siarad iaith adar?' gofynnodd Cai.

'Rhyw gymaint,' meddai Porchellan. 'Drudwy yn bennaf. Rydwi'n dallt rywfaint ar y gwylanod hefyd. Hynny yw, roeddwn i'n medru dilyn rhai Caernarfon i radda. Ond ella fod y Fwyalch yn medru siarad Cymraeg.'

'Go brin, a hitha'n dŵad o Gilgwri.'

'Roedd Saunders Lewis yn medru, ac o fanno roedd ynta'n dŵad, wedi meddwl.'

'Mae'n debyg fod yna fyd o wahaniaeth rhwng cefndir y Fwyalch a chefndir Saunders, wsti.'

Ni fu raid iddynt boeni. Roedd y Fwyalch yn medru siarad rhyw lun o Gymraeg.

'Hawddamor, Fwyalch deg,' meddai Cai, gan feddwl mor anaddas oedd ei gyfarchiad. Edrychodd yn amheus ar yr aderyn. Golwg ddigon blêr oedd arno, ei blu'n fratiog ac o bosib yn fudr.

'Ti'n iawn, boi? Poeth, *aye*? Fi'n chwsu chwartia yn fa'ma. Panad fydda'n neis,' meddai'r Fwyalch, gan edrych yn awgrymog ar fag cyfrwy Cai.

'Mae'n ddrwg gen i. Dim ond dŵr sydd gen i,' meddai Cai gan basio potel o ddŵr i'r aderyn.

'Ta, mêt.' Yfodd y Fwyalch y dŵr yn farus, yna torrodd wynt yn uchel.

Caeodd Cai ei lygaid a llyncu ei boer. Yna gofynnodd, 'Sut wyt ti'n medru siarad Cymraeg? Gest ti mo dy eni a dy fagu yma yn Lloegr?'

'Do. I Nain fi mae diolch bod fi'n siarad yr iaith, *aye*? Ddath hi i fyw efo ni ar ôl i'r hen foi – Taid fi, ia – gicio'r bwcad.'

'Pam ddaru o gicio bwcad?' gofynnodd Bedwyr. 'Fyddwn i'n meddwl y byddai'n anodd iawn i dderyn bach gicio peth mor fawr â bwcad.'

'Marw nath o, te, crinc,' meddai'r Fwyalch. 'Wedyn dath Nain fi i fyw efo ni. Roedd hi'n Cymraeg go iawn. O Bangor, *aye*? Hi ddaru dysgu Cymraeg i fi a'r cywion erill. Cymraeg fi dipyn yn *rusty* rŵan ond trio cadw fo i fyny er mwyn Nain druan.'

Yna trodd y Fwyalch at Arthur. 'Sut mae, mêt? Chdi 'di Arthur, ia? Wedi dŵad i chwilio am y boi Mabon 'na, *aye*?'

Gwingodd y Brenin at y diffyg parch yn agwedd yr aderyn. 'Sut wyddost ti hynny?'

'Llwyth o fois erill wedi bod yma'n gofyn 'run peth. Roedd Nain fi yn sôn am y Mabon 'na weithia. Deud fod o'n *huntsman* da, ond ei fod o ar goll ers ioncs. Iesgob! Dyna fi wedi anghofio deud yr holl rwtsh *boring* 'na am amsar yn mynd heibio.'

'Anghofia fo,' meddai Arthur yn swta.

'Ta, boi,' meddai'r Fwyalch. 'Hollol *pointless*. Ti'n gwbod bod fi wedi bod yma ers oes mul. Ond gynno fi i dim cliw lle mae Mabon. Ella fod o yn Cymru o hyd. Ella gwell iti roi ... be 'di'r gair ... y ... y ... hysbýs yn *Daily Post* neu *Western Mail*.'

'Dydyn nhw ddim wedi eu sefydlu eto,' meddai Porchellan.

'Be uffar ydi "sefydlu"?' gofynnodd y Fwyalch.

Prysurodd yr osgordd o gartref y Fwyalch.

'Anhygoel,' meddai Arthur gan sychu ei dalcen. 'Doeddwn i ddim wedi disgwyl hynna. Y powldrwydd. Yr araith. Coman! Dyna'r unig air i ddisgrifio'r fath ymddygiad. Byddai rhywun yn meddwl y byddai'r deryn 'na wedi magu rhywfaint o sglein, rhywfaint o foesa, wedi bod yn y byd cyhyd. Diolch byth fod hwnna allan o'r ffordd. Pa un sydd nesa, Bedwyr?'

'Tylluan Cwm Cowlyd,' atebodd hwnnw, gan edrych ar ei restr.

'Gobeithio wir fod honno'n gwybod sut i ymddwyn o flaen ei gwell,' meddai'r Brenin.

'Rydwi wedi clywad amdani hi,' meddai Porchellan. 'Roedd ei chyfnithar hi'n byw wrth ein hymyl ni yng Nghoed Celyddon. Dydwi ddim yn lecio tylluanod fel rheol, ond rhaid deud fod y gyfnithar 'na yn gwmni difyr. Yn dipyn o gymêr.'

Ochneidiodd Cai, 'Gobeithio nad ydi hon ddim yr un fath. Mae hi mor boeth fel nad oes gen i ddim mo'r mynadd i ddelio â rhyw hen botsian gwirion.'

Oherwydd y gwres mawr penderfynasant aros am sbel i'r dynion a'r ceffylau gael gorffwys a chyfle i ailstocio bwyd ac anghenion eraill ar gyfer y daith o'u blaenau. Ond roedd yn rhaid symud ymlaen ac ymhen rhai dyddiau wedyn roeddent wedi cyrraedd cartref y Dylluan. Roedd hi'n byw mewn bwthyn bach a edrychai'n union fel petai'n ddarlun mewn llyfr o hwiangerddi. Os oedd y Fwyalch yn flêr a budr roedd y Dylluan yn lân a thwt fel pìn mewn papur.

'Dowch i mewn. Dowch i mewn,' meddai. 'Croeso. Croeso mawr i chi i gyd. Rydwi wedi bod yn disgwyl ichi ddŵad i fy ngweld i. Steddwch. Gwnewch eich hunain yn gyfforddus. Fel petaech chi adra, te? Dowch i mewn i gyd. Mae 'na le i ryw un neu ddau arall ar y setl yn fancw. Peidiwch â bod yn swil. Mi wna'i neud panad mewn munud.'

Edrychodd Porchellan o'i gwmpas. Roedd popeth yn drwsiadus a del mewn rhyw ffordd ffyslyd, flodeuog. Ar y cadeiriau roedd twmpathau o glustogau a brodwaith lliwgar arnynt. Yma ac acw safai byrddau bach â llieiniau les drostynt yn dal pob math o ffigiarins. Hongiai lluniau gwael gorliwgar o berthnasau'r Dylluan ar y waliau. Teimlai Porchellan yn bur benysgafn rhwng y gwres, yr holl betheuach, a'r marchogion chwyslyd yn llenwi pob twll a chongl. Roedd wedi gorfod eistedd ar lin Cai am nad oedd digon o gadeiriau i bawb.

Drwy ryw drugaredd roedd Cymraeg y Dylluan yn ardderchog.

'O ble rydach chi'n dŵad yn wreiddiol?' gofynnodd Cai, a oedd â diddordeb mewn tafodieithoedd.

'Heb fod yn bell o Lanrwst,' atebodd y Dylluan. 'Uwchben Capel Curig.'

'Ew, mae hi'n braf ffordd 'na,' meddai Bedwyr, gan deimlo y rhoddai unrhyw beth am awel ysgafn o Gapel Curig ar ei wyneb y munud hwnnw.

Trodd y Dylluan at y mochyn. 'Porchellan wyt ti, te? Roeddat ti'n arfar byw yng Nghoed Celyddon efo'r dewin 'na, doeddat? Rydwi wedi clywad dipyn o'ch hanas chi eich dau gan fy nghyfnithar.'

'Ydi hi'n fyw o hyd?' gofynnodd Porchellan. 'Nacdi, bellach, mae'n debyg. Roedd hi'n hen iawn pan oeddem ni yn y goedwig ac mae hynna'n mynd yn ôl rhyw ddwy ganrif.'

'Mae hi mor fyw ag erioed ac yn iach fel cneuan. Mae hi'n fengach na fi o gryn dipyn. Rydan ni'n byw yn hir fel teulu, ond fi ydi'r hyna bellach.'

Roedd yn syndod cynifer o'r osgordd oedd wedi llwyddo i ymwthio i mewn i ystafell fyw'r bwthyn erbyn hyn. Siglai rhai o'r ffigiarins yn beryglus ac roedd un neu ddau o'r lluniau wedi syrthio oddi ar y wal.

'Hidiwch befo,' meddai'r Dylluan. 'Mae gen i ddryw bach sy'n dod i mewn i fy helpu i efo'r gwaith tŷ bob dydd Mawrth. Fe gaiff hi glirio unrhyw lanast. Rhaid deud fod golwg flinedig arnoch i gyd. Ond mae hi mor boeth a chitha wedi teithio cryn bellter, reit siŵr. Fe gawn ni banad yn y munud. Fyddech chi'n lecio hynny, byddech?' Trodd a gwenu'n glên ar Cai wrth ofyn hyn.

O'r diwedd, llwyddodd Arthur i gael ei big i mewn yng nghanol y sŵn.

'Hawddamor, Feistres Dylluan. Duw a roddo da ichi.' Ar ôl y Fwyalch, roedd y Dylluan mor barchus a sidêt fel y teimlai y dylai ei galw hi'n 'chi'. 'Rydan ni wedi dod yma ar ymchwiliad i ofyn ...'

'Diar mi, does dim angen esbonio,' meddai'r Dylluan ar ei draws. 'Mi wn i'n iawn pam rydach chi yma. Rydach chi'n chwilio am Mabon bach, 'dydach?'

'Ydi o'n fach, felly?' gofynnodd Porchellan.

'Dwn i ddim sut olwg sydd arno fo erbyn hyn,'

meddai'r Dylluan, 'ond Mabon bach fydd o i mi am byth. Dim ond fel babi y gwelis i o, ti'n dallt. Mi es i'w weld o pan oedd o'n ddau ddiwrnod oed. Mi es i â phâr bach o sana glas roeddwn wedi eu gwau iddo fo. Peth bach del oedd o hefyd. Lwc imi fynd i'w weld o pan wnes i. Cafodd ei gipio i ffwrdd gan Bwerau'r Fall y diwrnod wedyn. Fe dorrodd Modron ei fam o ei chalon. Ddaeth hi byth dros y peth. Roedd hi'n rhyw fath o dduwies, meddan nhw, ond roedd hi'n hogan glên iawn. Mae Mabon wedi bod ar goll yn hir iawn. Fe fu 'na sôn amdano fo ar un adeg ac yna aeth bob dim yn ddistaw wedyn. Mi glywis i rywun yn cyfeirio ato fo rai blynyddoedd yn ôl ac yn deud ei fod o'n heliwr da iawn.'

Fel roedd y Dylluan yn tewi am funud i gymryd ei gwynt, neidiodd Arthur i mewn drachefn.

'Dyna pam yr ydan ni ei angen o. Mae'n rhaid inni fynd i hela'r Twrch Trwyth a byddai'n wych cael cymorth Mabon i neud hynny. Oes gynnoch chi unrhyw syniad lle mae o?'

'Fe ddown at hynna mewn munud,' meddai'r Dylluan, 'ond yn gynta mae'n rhaid imi adrodd y darn yna am dreiglad amsar.'

'Oes raid ichi?' gofynnodd Cai. Roedd yn awchu am roi taw ar y Dylluan a mynd allan i gael dipyn o awyr iach. Ac nid oedd sôn am y banad te a addawyd.

'Esgusodwch fi, os gwelwch yn dda,' meddai'r Dylluan braidd yn bwdlyd. 'Mae'n arfar gen i adrodd yr hanas. Mae'n rhan o fy nefod i, fel petai, a does neb arall erioed wedi cwyno. Rydwi'n lecio gneud petha'n iawn.'

Suddodd Cai'n anfoddog i mewn i'r clustogau.

'Edrychwch drwy'r ffenast 'na,' meddai'r Dylluan. Ond mewn gwirionedd roedd hynny'n amhosibl gan fod y marchogion yn sefyll o flaen yr unig ffenest yn yr ystafell. 'Welwch chi'r goedwig 'na yn fancw? Dyna'r drydedd goedwig sydd wedi bod yn y llecyn yna ers i mi fod yma. Y peth cynta rydwi'n ei gofio yn fanna ydi dyffryn mawr coediog. Yna daeth rhyw ddynion yno a'i ddifa. Wedyn fe dyfodd coedwig arall yno. Bu honno farw yn y diwedd. A rŵan mae gynnon ni goedwig arall eto. Reit siŵr y bydda' i'n dal yma ar ôl i honno fynd hefyd.'

'Diddorol iawn,' meddai Arthur, 'ond i fynd yn ôl at yr ymchwiliad ...'

'Dydwi ddim wedi anghofio am eich ymchwiliad chi,' meddai'r Dylluan, a oedd erbyn hyn yn gwibio o gwmpas y lle, gan wthio'r marchogion o'r ffordd er mwyn iddi hi fedru stwna mewn cypyrddau a throi droriau'n bendramwnwgl. Taflodd nifer o becynnau bach i mewn i fag brethyn mawr.

'Be ydach chi'n ei neud?' gofynnodd Porchellan.

'Pacio.'

'Be sydd yn y pecynnau?'

'Llygod marw. Bwyd, te?'

'I be?'

'Ar gyfer y daith. Rydwi'n dŵad efo chi.'

'I ble? Pam?'

'Rydwi'n mynd â chi i weld Eryr Rhonabwy. Hen ffrind i mi. Mae o'n hŷn na fi ond mae ei gof o'n well. Rydwi'n meddwl ella y medrith o eich helpu chi i ddod o hyd i Mabon bach.'

'Bendith arnoch chi,' meddai Arthur, 'ond does dim angan ichi fynd i'r fath draffarth. Rydwi'n meddwl y medrwn ni ddod o hyd i'r Eryr ein hunain. Dydi hynna'n ddim byd o'i gymharu â rhai o'r tasga anodd rydan ni wedi gorfod eu gneud dros y blynyddoedd.'

'Rydwi'n dŵad,' meddai'r Dylluan yn benderfynol. 'Dim problem. Rydwi'n edrach ymlaen. Mae newid yn *change*, fel maen nhw'n deud. Dydwi ddim wedi gweld yr Eryr ers tro byd ac mi leciwn i ei weld o eto. Mi wna'i fwynhau'r daith, ac mi gawn ni lot o sgyrsia bach difyr, cawn?' meddai, gan roi pwniad i Cai.

Griddfannodd hwnnw.

I ffwrdd â nhw, heb y baned te. Gosodwyd bag brethyn drewllyd y Dylluan yn un o'r wageni ac aeth hithau i eistedd ar ysgwydd Bedwyr.

'Fedra'i ddim hedfan bellach,' meddai. 'Henaint. Mae fy adenydd i wedi gwisgo i lawr yn stympia bach.'

'Piti na fyddai'r un peth wedi digwydd i'w thafod hi,' meddai Cai dan ei wynt.

Roedd y daith yn hir a braidd yn ddiflas. Yn raddol trodd y dirwedd yn fwy moel a digroeso. Codai creigiau uchel ysgythrog o boptu'r ffordd. Nid oedd golwg o dŷ na thwlc yn unman.

'Dim llawar o ffordd i fynd eto,' meddai'r Dylluan. 'Mae'r Eryr yn gallu bod dipyn yn anodd. Dydi o ddim yn un da iawn am gymysgu efo'i gyd-ddynion ... ym ... gyd-adar.'

'O ble mae o'n dŵad yn wreiddiol?' gofynnodd Cai.

'Dydwi ddim yn hollol siŵr, a dydwi ddim yn lecio gofyn. Mae 'na rywbeth reit breifat ynddo fo. Ond mi glywis i rywun unwaith yn deud ei fod o'n dŵad o ben draw Llŷn. Bron o fewn golwg i Ynys Enlli.'

'Mae fanno'n lle sanctaidd iawn. Poblogaidd iawn efo pererinion,' meddai Porchellan, gan gofio'r daith i Gaer Dathyl.

'Pam felly?' gofynnodd Bedwyr.

Rhoddodd Porchellan ryw wên fach nawddoglyd. Roedd rhai o'r marchogion mor anwybodus o'u cymharu ag ef.

'Mae rhai yn galw Enlli yn *Insula Sanctorum*, sef Ynys y Seintiau,' meddai. 'Maen nhw'n deud fod ugain mil o seintia wedi eu claddu yno.'

'Ynys fechan iawn ydi hi, te?' meddai Cai. 'Reit siŵr ei bod hi'n bur gyfyng yno.'

'Dydwi ddim yn meddwl fod hynny'n eu poeni nhw ryw lawar.'

'Pam ddim?' gofynnodd Bedwyr.

'Maen nhw wedi marw,' meddai'r mochyn.

Yn sydyn gallent weld craig uchel bigfain o'u blaenau. Ar ei chopa safai'r aderyn mwyaf godidog a welsai Porchellan erioed. Roedd yn anferth, ei blu o liw siocled cyfoethog gyda rhai goleuach eu lliw ar ei frest. Fflachiai ei lygaid yn danbaid. Sgleiniai ei grafangau a'i big fel aur.

'Dyna fo'r Eryr. Mae'n edrach yn dda o'i oed, 'dydi?' meddai'r Dylluan.

'Trawiadol iawn,' meddai Arthur. Roedd yna ryw urddas ac awdurdod i'r aderyn hwn. 'Brenin yr Adar,' meddai Arthur wrtho'i hun. Medrai barchu hwn a'i ystyried yn gydradd. Hedfanodd yr Eryr i lawr i graig is yn nes at yr osgordd. Syllodd ar y cwmni yn hir fel petai'n eu cloriannu. Camodd Arthur ymlaen.

'Henffych well, Syr Eryr,' meddai. 'A gawn ni fod mor hy â gofyn am dy sylw di am funud? Gad imi fy nghyflwyno fy hun ...'

'Mi wn i'n iawn pwy wyt ti,' meddai'r Eryr. 'Ti yw *Arturus Rex Quondam et Futurus.*'

'Be ydi ystyr hynna?' sibrydodd Bedwyr.

'Arthur, y brenin a fu ac a fydd,' meddai Porchellan. 'Lladin ydi o.'

'Ewadd. I feddwl dy fod di'n dallt petha fel'na,' meddai Bedwyr.

'Pam ddim?' gofynnodd y mochyn yn flin.

Roedd gan yr Eryr Gymraeg cywir a rhugl, ond roedd ei lais braidd yn siomedig. Disgwyliai Porchellan y byddai ganddo lais soniarus, urddasol, ond yn lle hynny roedd braidd yn gras ac amhersain.

'Mae ei lais o'n f'atgoffa fi o weinidog yr Hen Gorff wnes i gyfarfod unwaith ym Mlaenau Ffestiniog,' sibrydodd Bedwyr.

'Be ar y ddaear oeddet ti'n ei neud yn siarad efo gweinidog ym Mlaenau Ffestiniog?' gofynnodd Cai.

'Un o'r hen lithriada cas annisgwyl 'na pan wyt ti'n symud mewn amsar a lle yr un pryd. Un gwirioneddol ddrwg,' meddai Bedwyr.

'O go drapia nhw,' meddai Cai. 'Maen nhw'n ofnadwy pan maen nhw'n digwydd efo'i gilydd. Maen nhw'n dy neud di'n swp sâl, 'dydyn? Dydwi ddim wedi cael un o rheina ers tro rŵan.'

'Dydwi erioed wedi cael un fel'na,' meddai Porchellan. Roedd arno fymryn o gywilydd cyfaddef mai ei unig brofiad personol o lithriad amser oedd taith bws ddeng milltir o Gaernarfon i Nantlle.

'Mi gei ditha nhw. Ifanc wyt ti o hyd,' meddai Arthur. 'O, roeddwn i'n diodda'n ofnadwy efo nhw ar un adag Mi fûm i'n gweld dwn i ddim faint o apothecariaid, alcemyddion, homeopathyddion, hypnotyddion a therapyddion ymddygiad gwybyddol. Dwsina ohonyn nhw. Heb unrhyw lwc. Dim byd yn tycio. Yfed ffisig o bob lliw a llun. Wnes i hyd yn oed drio rhai o bils Myrddin.'

'Argol, dyna ddewr,' meddai'r mochyn.

'Dim y rhai gwyrdd 'na, naci?' gofynnodd Bedwyr. 'Mi gymeris i rai o rheina unwaith. Roeddwn i'n sâl fel ci.'

'Mi ddaru Indeg fy chwaer fenga drio nhw hefyd,' meddai Cai. 'Mi ddaru nhw weithio'n reit dda am gwpwl o flynyddoedd ond wedyn fe dorrodd hi allan yn blorod drosti. Roedd hi'n beio'r pils, ond roedd yr apothecari'n deud mai sioc oedd o ar ôl i'w gŵr hi redag i ffwrdd efo'r forwyn.'

'Ges i gur pen ofnadwy efo nhw hefyd a ...' dechreuodd Bedwyr, nes iddo sylwi fod yr Eryr yn gwgu'n ffyrnig arno.

'Wyt ti wedi gorffen?' gofynnodd yr aderyn yn sbeitlyd. 'Mae'n ofid calon gen i orfod torri ar draws y drafodaeth hynod ddifyr 'ma am afiechydon a meddyginiaetha, ond mae gen i betha eraill i'w gneud, coeliwch neu beidio. Rydwi'n dderyn prysur.' Yna ychwanegodd yn fwynach, 'Ond os oes arnoch chi isio fy nghyngor i, mae trwyth o ddail tafol a gwaed ystlum yn gweithio'n reit dda efo llithriada annisgwyl.'

'Ew, fedrwn i ddim lladd ystlum,' meddai Cai.

'Pam ddim?' gofynnodd yr Eryr.

'Mae'n greulon,' meddai Cai braidd yn hunangyfiawn.

'Ydi o? Sut felly? Rydwi'n hoff iawn o ystlum neu ddau i swper.'

Tro Arthur oedd hi i golli amynedd yn awr. 'O dowch yn eich blaena, da chi. Rydan ni wedi siarad digon rŵan. Mae'n bryd inni drafod y rheswm pam rydan ni wedi dŵad yma.' Trodd at yr Eryr a dweud, 'Mae arnom angen dy gymorth, Syr Eryr. Rydan ni'n chwilio am Fabon fab Modron yr heliwr, gan ein bod yn mynd i hela'r Twrch Trwyth.'

Gwelwodd yr Eryr pan glywodd enw Twrch.

'Dyna dasg enbyd. Leciwn i ddim wynebu'r anghenfil yna.'

'Fe wyddost fod Mabon wedi bod ar goll ers oesoedd, ond gan dy fod mor hen roeddem yn gobeithio dy fod di o bosib yn gwybod rhywfaint o'i hanes.'

'Aros funud,' meddai'r Eryr. 'Mae'n bosib y medraf eich helpu chi, ond cyn hynny mae'n rhaid imi adrodd y darn 'na am dreiglad amsar.'

'Dim diolch. Rydan ni'n gwybod dy fod di'n hen heb orfod gwrando ar y rigmarôl yna eto,' meddai Arthur yn eithaf diamynedd.

'Yli di,' meddai'r Eryr yn chwyrn. 'Rydwi wedi gwrando arnat ti a dy griw yn malu awyr am ddigon o hyd. Mi gewch chi dewi am funud a gwrando arna' i rŵan. Pan ddes i yma gynta roedd y graig rydwi'n sefyll arni mor uchel fel fod ei brig hi ar goll yn y cymyla. Pan fyddai hi'n noson braf, glir, fe fyddwn i'n mynd i fyny i'r top a phigo'r sêr.'

'Dyna beth od i'w neud,' meddai'r Dylluan. 'Ches i erioed awydd gneud hynna.'

'*Chacun à son goût*,' meddai'r Eryr, gan rowlio'r geiriau'n grand o gwmpas ei big.

'Lladin eto, ia?' sibrydodd Bedwyr yng nghlust Porchellan.

'Naci, siŵr iawn. Ffrangeg ydi hynna am "Pawb at y peth y bo".'

'Iesgob! Clyfar wyt ti,' meddai Bedwyr.

'Mi wn i hynny,' meddai'r mochyn. Yna trodd at yr Eryr a gofyn, 'Sut flas sydd ar sêr?'

'Chwerw,' meddai'r aderyn. 'Ond be 'di'r ots am hynna rŵan? Paid â thorri ar fy nhraws i. Fel roeddwn i'n deud, roedd y graig 'ma'n ofnadwy o uchel, yn ganwaith uwch nag ydi hi heddiw.' Edrychodd o'i gwmpas yn flin. 'Dwn i ddim pam rydwi'n trafferthu, wir. Does neb yn gwrando arna'i. Mi neidia'i dros y rhan nesa a mynd at y diwrnod pan wnes i gyfarfod yr Eog.'

'Ia, wir,' meddai Cai. 'Mae hynna'n swnio'n fwy diddorol.'

Aeth yr Eryr yn ei flaen, 'Roeddwn i'n chwilio am fwyd ac wedi crwydro'n reit bell. Hyd at Lyn Lliw, fel mae'n digwydd.'

'Nefi! Mae hynna yn bell. Morlyn yn aber afon Hafren ydi hwnna, te? Oeddat ti ar goll?' gofynnodd Porchellan.

'Paid â bod mor wirion. Nac oeddwn, siŵr iawn. Dydan ni eryrod byth ar goll. Rydan ni wedi hen arfer crwydro bellteroedd mawr. Beth bynnag, dyma fi'n edrach i lawr i'r llyn a be oedd yno ond yr eog mwya a welis i erioed. Roedd o'n anfarth. "Mi fasa hwnna yn gneud digon o fwyd imi am bythefnos o leia," meddyliais, a phlymio i lawr i'r dŵr. Gwthiais fy nghrafanga i mewn i gefn yr Eog, ond roedd hwnnw'n llawer mwy a chryfach nag roeddwn wedi'i ddisgwyl. Buom yn ymladd am hydoedd. Yn troi a throsi a chorddi'r dŵr nes roedd hi'n amhosib gweld ein gilydd ar adega. Yna llwyddodd yr Eog i fy nhynnu i dan y dŵr a fy nal i yno. Roeddwn i'n hollol argyhoeddedig fy mod am foddi. Ond drwy ryw drugaredd fe lwyddais i ddod yn rhydd, codi i'r wyneb a'i heglu hi am adra nerth fy adenydd. Ond doeddwn i ddim am dderbyn hynna. Fedrwn i ddim wynebu fy nghyd-eryrod petawn i wedi cael fy ngorchfygu gan bysgodyn. Ar ôl mynd adra mi alwais fy ffrindia a fy mherthnasa at ei gilydd ac adrodd yr hanas. Roeddan nhw'n hollol gytûn. Doedd dim byd amdani ond mynnu dial a mynd yn ôl i'r llyn i herio'r Eog eto. A dyna be wnaethom ni.'

'Ddaru chi ei ddal o yr eildro?' gofynnodd Cai.

'Do, ond roedd hi'n dipyn o frwydr. O'r diwedd, dyma ni'n ei gornelu fo a bygwth ei ladd. Ond roeddwn i'n gyndyn o neud hynny gan fy mod i wedi dod i edmygu ei ddewrder o. Roedd o wedi ymladd mor galad ar ei ben ei hun yn erbyn cymaint ohonom ni. Ond roedd o wedi blino ac wedi sylweddoli ei bod hi ar ben arno fo. Roedd o wedi ei glwyfo hefyd. Bu'n rhaid i mi ei helpu fo i dynnu hannar cant o bicelli o'i gefn o, felly gelli ddychmygu mor ffyrnig y buom ni'n ymladd. Ymbiliodd am drugaredd, a fedrwn i mo'i wrthod. Beth bynnag, roeddwn i wedi sylweddoli fod yr Eog yn hen iawn, yn llawer hŷn na fi ac roedd rhyw urddas iddo fo. Mi ddes i ddallt gydag amsar mor ddoeth a gwybodus oedd o hefyd. Roeddwn i'n falch wedyn fy mod i wedi arbed ei fywyd o. Ac i fod yn onast, roeddwn i wedi sylweddoli y byddai'n gneud gwell cyfaill na gelyn. Rydan ni wedi cadw mewn cysylltiad byth ers hynny.'

'Clodwiw iawn,' meddai Arthur. 'Ond ti yw brenin yr adar a dylai brenin bob amser ddangos trugaredd.'

'Mae arna'i ofn nad oes gen i fy hun ddim syniad ble mae Mabon fab Modron, ond gan fod yr Eog gymaint hŷn na fi, mae'n bosib ei fod o wedi clywed rhywbeth. O holl greaduriaid y byd yr Eog ydi'r mwyaf tebygol o fod yn gwybod. Mi awn i ofyn iddo fo. Ac fe fydd yn rhaid iddo ein helpu ni. Dydwi ddim yn un am edliw, ond mae arno fo ddyled imi.'

'Ymlaen â ni,' meddai Arthur.

13

Daeth yn bryd ffarwelio â'r Dylluan. Gorchmynnwyd i un o'r macwyaid ei hebrwng hi yn ôl adref. Diolchodd Arthur iddi am eu harwain at yr Eryr.

'Croeso, siŵr iawn,' meddai hithau. 'Mi wnes i fwynhau fy antur fach. A chofiwch rŵan, peidiwch â chadw'n ddiarth. Rydach chi i gyd yn gwybod lle rydwi'n byw. Mae croeso ichi alw acw os ydach chi yn y cyffinia.' Trodd at Cai, 'Gobeithio y cawn ni gyfla i gael sgwrs a phanad eto rywbryd, te?'

'Dydwi ddim yn cofio unrhyw banad,' meddai Cai dan ei wynt.

Llwyddodd y Dylluan i gripian i fyny ar ysgwydd Porchellan a rhoi cusan fach bigog ar ei foch. 'Cymer ofal, yr aur. Mi fydda'i'n anfon negas at fy nghyfnithar i ddeud dy hanas di.'

Yr olwg olaf a gafodd Porchellan ohoni oedd ei gweld yn diflannu yn y pellter ar ysgwydd y macwy druan, yn parablu fel melin glep.

Roedd y daith i Lyn Lliw yn hir ac yn bur anodd ar adegau, ond roedd Arthur a'i ddilynwyr yn eithaf hyderus, wedi eu hysbrydoli gan y gobaith y byddent yn dod i wybod rhywbeth am Fabon a'i hanes o'r diwedd. Wrth iddynt deithio drwy'r wlad, roedd yr

Eryr yn hofran uwch eu pennau yn galw gwahanol gyfarwyddiadau. 'Trowch i'r dde wedi mynd heibio i'r gelli 'na yn fancw'; 'Gwell osgoi'r pentra nesa 'ma. Lle peryg. Ddaru nhw ymosod ar fy modryb Matilda a'i lladd hi,' a 'Mae 'na ryd yn yr afon ryw filltir o fa'ma. Fe fedrwch chi groesi yn fanno.'

'Mae'n biti nad ydi Osla Gyllellfawr ddim efo ni,' meddai Cai wrth Porchellan. 'Petai o yma fyddai ddim rhaid inni chwilio am rydoedd a phontydd i groesi'r afonydd.'

'Pwy ydi o?'

'Un o'r marchogion. Dydi o ddim yn y rheng flaena, ond mae gynno fo'r gyllall hud anfarth 'ma.'

'Wela'i ddim sut y byddai cyllall yn helpu rhywun i groesi afon.'

'Yn ôl y sôn fe osododd Osla y gyllall yn ei gwain ar draws afon rywdro ac roedd hi mor fawr a chryf nes y medrodd Arthur a'i osgordd gerdded arni'n ddiogel i'r ochr arall.'

'Waw! Pam na ddaeth o ddim efo ni ar yr ymchwiliad 'ma?'

'Mae o ar ei wylia. Wedi mynd i aros efo'i chwaer yn Llannerch-y-medd.'

O'r diwedd cyraeddasant y morlyn yn aber afon Hafren. Buont yn sefyll ar y lan am sbel yn y gobaith y byddai'r Eog yn ymddangos.

'Gobeithio wir ei fod o'n dal yn fyw,' meddai'r Eryr

yn bryderus. 'Well imi alw arno fo.' Rhoddodd ddwy sgrech groch.

'Fe fyddai'n rhaid iddo fod wedi marw i beidio â chlywad hynna,' meddai Porchellan.

Yn sydyn torrodd wyneb y dŵr a dyma eog anferth yn neidio allan. Sgleiniai'r cennau ar ei gefn fel arian yng ngolau'r haul.

'Bobol bach! Mae hwnna'n glamp o bysgodyn,' meddai Cai. 'Mae'n hynod o heini i feddwl ei fod o mor hen. Wnes i erioed ddychmygu y byddai mor fawr.'

'Mae o wedi cael canrifoedd lawer i dyfu i'r maint yna,' meddai'r Eryr. Aeth yn nes at y dŵr. 'Rydw i yma, yr hen gyfaill.'

Roedd yr Eog wedi neidio'n ôl i mewn i'r llyn a dim ond ei ben yn codi allan o'r dŵr.

'Croeso, Eryr Gwernabwy,' meddai mewn llais crynedig.

'Effaith y tonnau sy'n peri i'w lais o grynu,' sibrydodd yr Eryr.

'Pwy ydi'r holl bobol 'ma?' gofynnodd y pysgodyn, gan edrych yn nerfus o'i gwmpas ar Arthur a'i osgordd. 'Be sydd wedi digwydd? Pam yr holl filwyr arfog? Oes 'na ryfal? Yna, gan droi at yr Eryr, 'Dwyt ti ddim wedi cefnu ar ein cyfeillgarwch ni, nac wyt? Fy mradychu i a dŵad i fy erlyn i unwaith eto, nac wyt?'

'Dim o'r fath beth. Paid â chynhyrfu, Syr Eog,' meddai Arthur yn garedig. 'Arthur Frenin ydw i a dyma fy marchogion dewr. Mae'n wir ein bod ni'n arfog a'n bod ni hefyd â'n bryd ar hela, ond nid ti yw ein prae, ond y Twrch Trwyth.'

Crynodd yr Eog drosto. 'Ydach chi'n gall, deudwch?' gofynnodd. 'Does neb erioed wedi llwyddo i glwyfo hwnnw heb sôn am ei ddal. Cerwch yn ôl adra, wir, tra rydach chi'n fyw ac yn iach.'

Roedd Cymraeg yr Eog yn hollol ddealladwy ond braidd yn chwithig, fel petai heb arfer siarad yr iaith ryw lawer.

'Na,' meddai Arthur. 'Mae Tynged wedi pennu fod yn rhaid inni hela Twrch. Ac fe wyddom y bydd yn dasg beryglus ac anodd. Dyna pam mae arnom isio cymorth yr helwyr gora yn y wlad. A'r pencampwr yn ôl y sôn ydi Mabon fab Modron. Dyna pam rydan ni yma. Mae arnom ni isio dy help di i ddod o hyd i Fabon.'

'Ah, Mabon fab Modron! Nimrod Cymru, te? Mae o wedi bod ar goll yn hir iawn a llawer un wedi chwilio amdano fo yn ofer. Dylen nhw fod wedi dŵad i fy ngweld i, ond mae'n debyg na ddaru nhw ddim meddwl am ddŵad i weld rhyw hen bysgodyn. Mae'n amlwg eich bod chi'n gallach. Rydach chi wedi dŵad i'r lle iawn.'

'Wyt ti'n siŵr?' gofynnodd Arthur yn eiddgar. 'Rydan ni wedi cael ein siomi gymaint o weithia fel ein bod ni ar fin rhoi'r ffidil yn y to.'

'Dwn i ddim byd am unrhyw offeryn cerdd,' meddai'r Eog, 'ond ddeuda'i be rydwi yn ei wybod. Dydwi'n addo dim, ond rydwi wedi taro ar ryw ddirgelwch. Ar bob llanw mawr mi fydda'i'n nofio i fyny'r afon 'ma cyn belled â muria Caerloyw. Yno, ar ddolen yn yr afon mae 'na dŵr uchel. Mae 'na rywbeth od iawn yn mynd ymlaen yn y tŵr 'na. Mae 'na ryw fistimanars yn fanna. Well ichi ddŵad i weld drosoch eich hunain. Beth am i ddau ohonoch chi ddŵad ar fy nghefn i ac mi awn ni draw i gael golwg ar y lle.'

'Mi ddo' i,' meddai Cai. 'Tyrd di efo fi, Porchellan. Rwyt ti'n dipyn llai ac ysgafnach i'r Eog ei gario na dau filwr arfog.'

'¡Vamos!' meddai'r mochyn.

Roedd hi'n rhyfeddol o gyfforddus ar gefn yr Eog. Pwysodd y mochyn ei gefn yn erbyn Cai ac edrych o'i gwmpas ar y wlad. 'Mae fel mynd ar drip mewn cwch,' meddyliodd.

Ar ôl teithio gryn bellter gallent weld tŵr uchel ar droad yn yr afon.

'Hwnna ydi'r tŵr?' gofynnodd Cai.

'Isht! Paid â deud dim. Gwranda'n ofalus,' meddai'r Eog.

Ar y gair gallent glywed sŵn griddfan ac ochneidio torcalonnus yn dod o gyfeiriad y tŵr.

'Argol fawr! Mae rhywun mewn trybini. Oes gen ti unrhyw syniad pwy sydd yna?' sibrydodd Cai.

'Wel, rydwi wedi bod yn holi gryn dipyn ar y pysgod sy'n byw yn y rhan yma o'r afon, ac maen nhw o'r farn mai Mabon fab Modron sydd yn y tŵr, wedi ei garcharu mewn cyflwr truenus.'

'Wyt ti'n siŵr mai Mabon sydd yna?' gofynnodd

Porchellan. 'Fe fyddet ti'n meddwl efo'r holl sŵn mae o'n ei neud y byddai rhywun wedi ei achub o erbyn hyn.'

'Maen nhw'n deud ei bod hi'n amhosib mynd i mewn i'r tŵr. Mae 'na warchodlu cry yna, ac mae rhai'n deud ei fod wedi ei ddiogelu gan swynion pwerus hefyd.'

'Gawn ni weld, te?' meddai'r mochyn.

Aethant yn ôl at Arthur i adrodd yr hanes fod rhywun yn sicr mewn helbul mawr yn y tŵr ond nad oedd unrhyw brawf mai Mabon oedd yno.

'Dim ots. Pwy bynnag sydd yno,' meddai'r Brenin, 'mae'n ddyletswydd arnom ni i fynd i'w achub o.'

Dewisodd y dewraf o'i farchogion a mynd i gyfeiriad Caerloyw. Pan ddaethant at y tŵr clywsant hwythau'r ochain a'r griddfannau.

'Creadur bach,' meddai Arthur. 'Pwy bynnag ydi o, rhaid ei achub, doed a ddelo.'

Aeth at waelod y tŵr a gweiddi'n uchel, 'Mabon fab Modron! Ai ti sydd yna?'

'Ia,' atebodd llais bach eiddil.

Rhuthrodd Arthur a'i ryfelwyr ac ymosod ar y tŵr mor ffyrnig nes roedd yr holl le yn gwegian. Ffodd y gwarchodlu am eu bywydau. Yng nghanol yr ymladd a'r stŵr llwyddodd Cai i sleifio i mewn drwy'r porth. Ymhen ychydig daeth yn ôl allan gyda chorffyn bach llipa dyn yn gorwedd ar draws ei ysgwyddau.

Gosododd ef yn ofalus ar y llawr. Roedd yn denau fel ysgerbwd, yn gleisiau a doluriau drosto. Hongiai ei ddillad yn garpiau budron a chrynai fel deilen.

'Duw a'n helpo ni,' meddai Porchellan. 'Hwnna ydi Mabon yr heliwr?'

'Ia, gwaetha'r modd,' meddai Arthur. 'Mae mewn cyflwr truenus ar hyn o bryd, ond fe wnawn ni ei amgeleddu fo. Awn ni â fo efo ni yn ôl i'r Llys. Fe gaiff rhianedd y Llys ei adfer o i'w lawn iechyd. Ac fe gaiff Gwenhwyfar eu helpu nhw. Fe wnaiff hynny ei chadw hi'n brysur. Allan o drybini.'

'Ia, wir. "Ein dyddia segur ni ydi dyddia prysur y Diafol," medda'r hen air.'

'Be haru ti?' gofynnodd Arthur gan edrych yn amheus ar Porchellan. 'Rwyt ti fel rhyw hen bregethwr. A be wyt ti'n ei awgrymu am y frenhinas?'

'Dim byd. Dim ond dihareb fach hollol ddiniwad,' meddai'r mochyn.

Roedd yn bryd ffarwelio â'r Eryr a'r Eog.

'Diolch o galon i chi eich dau,' meddai Arthur. 'Diolch i ti, Syr Eryr, am ein hebrwng ni yma a'n cyflwyno ni i'r Eog. A diolch i titha, Syr Eog. Dy sylwgarwch di a'n harweiniodd ni at Fabon mab Modron. I chi mae'r diolch ei fod o wedi ei achub.'

Plygodd yr aderyn a'r pysgodyn eu pennau yn gwrtais i gydnabod geiriau Arthur. Gan ddymuno pob llwyddiant i'r osgordd pan ddeuai'r amser i hela'r

Twrch Trwyth a rhoi llawer cyngor a rhybudd i fod yn ofalus, suddodd yr Eog yn ôl i mewn i ddŵr y llyn, a chododd yr Eryr i'r awyr a diflannu yn y pellter.

Yna cychwynasant ar y daith yn ôl i'r Llys. Gan fod Mabon mor wan a chlwyfedig bu'n rhaid ei roi i orwedd ar glustogau ar ryw fath o elor-wely. Nid oedd yn ddim mwy na chroen ac esgyrn ac o'r herwydd roedd yn rhaid cymryd gofal arbennig wrth ei gario dros dir garw. Golygai hyn fod y siwrnai yn llawer arafach na'r disgwyl.

Dechreuodd Porchellan golli amynedd. 'Pam na fedrwn ni ddim trawsymud pawb yn ôl i'r Llys yn lle llusgo ymlaen fel hyn?'

'Fedrwn ni ddim trawsymud dwsina o wageni a cheffyla, debyg iawn. Beth bynnag, dydan ni i gyd ddim mor fedrus ar drawsymud ag yr wyt ti,' esboniodd Bedwyr.

'Hawdd credu hynny,' meddai'r mochyn.

'Er enghraifft, dim ond gradd C ges i yn y prawf trawsymud,' meddai'r marchog.

'Be?' gwichiodd Porchellan. 'Dim ond C? Ydi'r fath beth yn bosib?'

'Ydi, debyg iawn. Mae C yn radd hynod o gyffredin,' atebodd Bedwyr yn flin.

'Wel, wir, pwy fasa'n meddwl?' meddai'r mochyn â gwên fach nawddoglyd, wrth gofio am yr holl raddau

A serennog a enillasai ef mewn sawl pwnc yn ei yrfa academaidd ledled Ewrop.

'Sut wyt ti'n gweld Mabon erbyn hyn?' gofynnodd Bedwyr mewn ymgais i newid y pwnc.

'Y creadur bach, mae o'n edrach fel petai o'n byta gwellt ei wely.'

'Wel, dydi o ddim. Rydwi wedi bod yn gneud uwd iddo fo bob bora,' meddai Bedwyr yn bigog.

Aeth yr osgordd yn ei blaen yn bwyllog i fyny drwy Gymru. O'r diwedd gallent weld mynyddoedd Eryri yn y pellter, afon Menai yn disgleirio yn yr haul, a chaeau gwyrddion Môn yr ochr draw. Cyn hir daeth castell a muriau tref Caernarfon i'r golwg, a llonnodd Porchellan drwyddo wrth weld pob tirnod cyfarwydd. Yna roeddent yn dringo i fyny'r grisiau i'r Llys.

'Does unman yn debyg i gartref,' meddai Porchellan ag ochenaid o bleser pur.

14

Roedd cyffro mawr yn y Llys. Roedd y negeswyr a anfonwyd ymlaen eisoes wedi cyrraedd a rhoi gwybod fod yr ymchwiliad wedi bod yn llwyddiannus a bod yr osgordd a Mabon ar eu ffordd adref. Pan gyrhaeddodd Arthur a'i osgordd borth cyntaf y Llys gwelsant faner anferth yn hongian yno a'r gair **CROESO** arni mewn llythrennau mawr. Oddi tanodd oedd y gair WELCOME mewn llythrennau tipyn llai.

'Oes gan y Llys bolisi dwyieithog rŵan?' gofynnodd Porchellan.

Roedd yna hefyd stribedi o fflagiau bach llipa coch, gwyn a gwyrdd dros y lle ymhob man.

'O ble ddaeth yr holl fflagia 'ma?'

'Un o'r morynion ddaeth â nhw'n ôl efo hi o Eisteddfod yr Urdd ym Mhwllheli yn 1982 pan ddaru hi ddiodda llithriad amsar a lle go hegar,' esboniodd Cai. 'Maen nhw'n dŵad allan o'r cwpwrdd yn rheolaidd i ddathlu pob dim yn y lle 'ma.'

Rhuthrodd rhianedd y Llys i lawr y grisiau i gyfarch y gwahanol farchogion. Sgipiodd Gwenhwyfar at Arthur gan wichian. Gafaelodd Arthur ynddi a'i chusanu'n eiddgar. Gwgodd Lanslod, a oedd yn sefyll gerllaw, a phoeri, gan fethu troed Porchellan o drwch blewyn.

'O'r fath hyfrydwch! Y fath ddedwyddyd! Y fath wynfyd!' meddai'r frenhines, ond nid ar Arthur roedd ei llygaid.

Roedd Porchellan wrthi'n trotian i lawr y coridor tuag at labordy Myrddin pan ddaeth Arthur i'w gyfarfod.

'Sut wyt ti, was?' gofynnodd y Brenin. 'Ddaru ti fwynhau'r ymchwiliad?'

'Do, yn arw iawn, diolch.'

'Wel, dyna ti wedi bwrw dy brentisiaeth rŵan. Mi wnest ti'n dda iawn. Y tro nesa fe gei di fynd fel marchog.'

'Ew, diolch,' meddai'r mochyn. Gan fod Arthur mewn hwyliau mor dda mentrodd yn swil,

'Ga'i ofyn cwestiwn dipyn bach yn bersonol, Arthur?'

'Wel, mae'n dibynnu ...'

'Dim byd powld. Roeddwn isio gofyn iti pam mae'r frenhinas yn siarad mor wahanol i ni? Mor grand rywsut?'

'O, dyna sut mae hi, wsti. Rhyw hen orchast wirion. Mae hi'n meddwl ei fod o'n swnio'n fwy neis-neis. Rydwi wedi trio deud wrthi hi, ond dydi hi'n cymryd dim sylw. Fedra'i ddim pwyso arni hi ormod. Rhaid cadw'r ddysgl yn wastad a pheidio â'i tharfu hi rhag ofn iddi gael ei themtio i ...'

'I be?' gofynnodd y mochyn.

'Dim byd,' meddai Arthur yn swta a brasgamu i ffwrdd.

Brysiodd Porchellan yn ei flaen. Roedd yn awyddus i weld Myrddin unwaith eto. Agorodd ddrws y labordy a sbecian i mewn. Gallai weld Myrddin yn gorwedd yn ôl yn ei hen gadair freichiau, ei draed i fyny ar fainc y labordy, yn chwyrnu'n braf.

'Myrddin! Rydwi'n ôl!' gwaeddodd y mochyn.

Neidiodd Myrddin ar ei draed yn ddryslyd. 'Y … y … pwy? Be?'

'Fi, Porchellan. Rydwi'n ôl.'

'Yn barod?'

'Be wyt ti'n ei feddwl wrth "yn barod"? Rydwi wedi bod i ffwrdd am dros flwyddyn.'

'Taw â deud! Dros flwyddyn? Ew, mae amsar yn hedfan. *Tempus fugit*, Porchellan bach.'

'Dim pan wyt ti'n gwrando ar Maelwys yn mynd ymlaen ac ymlaen am ei blydi ceffyla. Wel, sut wyt ti, Myrddin? Wedi bod yn brysur?'

'Fel lladd nadroedd. Dim munud o heddwch,' meddai Myrddin gan llnau'r llwch yn slei oddi ar y fainc â phen ei farf.

'Felly wela'i,' meddai'r mochyn.

Edrychodd Porchellan o gwmpas y labordy. Nid labordy ydoedd fel y cyfryw, ond rhyw gymysgfa o labordy, llyfrgell, stydi ac ystafell breifat i'r dewin ymlacio ynddi. Roedd Porchellan wrth ei fodd â'r lle. Dotiai at ei blerwch: popeth yn blith draphlith fel nad oedd modd gwybod beth oedd yn llechu yn ei chorneli llychlyd. Ar un pen roedd mainc labordy, gyda thân Bunsen arni a nifer o boteli a fflasgiau o bob math. Roedd hylif lliw yn rhai ohonynt. Gwyddai Porchellan mai dŵr wedi ei liwio ag inc coch neu wyrdd oedd yr hylif, ond ni ddywedodd hynny wrth y dewin. Roedd yr hen ŵr yn hoff o gyfleu rhyw naws ddirgel, hyd yn oed awgrym o alcemi. Efallai mai hynny oedd i gyfrif hefyd am y mymi crocodil yn dyllau pryfed a gwe pry cop i gyd a oedd yn hongian o'r to. Credai Myrddin y dylai pob dewin gwerth ei halen gael crocodil, er nad oedd wedi darganfod unrhyw ddefnydd iddo hyd yn hyn.

'Dim llawer o bwynt imi ddeud fy hanas, nacdi? Reit siŵr dy fod di wedi gweld y cwbwl yn dy belen hud.'

'Wel, dim y cwbwl, ella, ond mi welis i gryn dipyn. Hynny ydi, pan ges i funud neu ddau i edrach, a finna wedi bod mor brysur.'

'Wrth gwrs,' meddai'r mochyn.

'Ew, rydwi mor falch o dy weld di eto.'

'Debyg iawn,' meddai'r mochyn.

Symudodd i'r adran lyfrgell. Yno roedd cannoedd os nad miloedd o lyfrau o bob math, mewn sawl iaith, o bob cyfnod mewn hanes, y gorffennol, y presennol a'r dyfodol, yn gorwedd yn dwmpathau. Nid oedd unrhyw drefn arnynt a syrthiai nifer oddi ar bob twmpath wrth i'r mochyn symud o gwmpas. Ar y llawr gwelodd lyfr clawr papur bratiog a llun arno o nyrs ifanc fronnog yn edrych i fyny'n addolgar ar ŵr canol oed â stethosgop am ei wddw.

'Rargol! Be 'di hwnna? Nid dy chwaeth arferol di, Myrddin.'

Neidiodd y dewin i fyny'n ffrwcslyd a chipio'r llyfr.

'Gad lonydd iddo fo. Dim fi bia fo, siŵr iawn. Y frenhinas roddodd ei fenthyg o imi, meddwl y byddwn i'n ei fwynhau o.'

'Wnest ti?'

'Naddo.'

Symudodd Porchellan yn ddyfnach i mewn i'r pentyrrau llyfrau. Pwyntiodd at gopi o *The Collected Poems of R.S. Thomas.*

'Roedd hwnna gen ti yn y caban yng Nghoed Celyddon. Rydwi'n cofio ei ddarllen o yno a'i fwynhau'n fawr. Bardd da.'

'Ydi, mae o ... y ... roedd o ... y ... fe fydd o,' meddai Myrddin.

'Mae o'n well na'r Thomas arall,' meddai'r mochyn.

'Dylan? O, rydwi reit hoff o waith hwnnw fy hun.'

'Rhy hunanymwybodol ac amleiriog,' meddai'r mochyn. 'Gyda llaw, Myrddin, oedd R.S. Thomas yn ddewin?'

'Bobol bach! Pam wyt ti'n gofyn y fath beth?'

'Roedd o'n edrach fel dewin.'

'O, ella fod hynny'n wir. Roeddwn i'n meddwl ei fod o'n edrach yn reit debyg i fel roeddwn i pan oeddwn i'n fengach. Ac yn rhyfedd iawn ddaru o alw ei fab â'r un enw â dewin yr wyt ti'n ei nabod.'

'Gwydion, te?'

'Ia. Ond doedd R.S. ddim yn ddewin. Roedd o'n offeiriad yn yr Eglwys yng Nghymru.'

'Dydi'r ddau beth ddim yn anghydnaws.'

Synfyfyriodd Porchellan am funud ac yna gofynnodd, 'Gyda llaw, wyt ti wedi gweld Gwydion neu Math ers inni fod yng Nghaer Dathyl?'

'Naddo. A does gen i ddim awydd gweld Gwydion byth eto.'

'Sut mae Lleu a Blodeuwedd? Ydyn nhw'n iach ac yn hapus?'

'Nefoedd wen! Roeddwn i wedi anghofio cymaint sydd wedi digwydd ers i ti fod i ffwrdd. Nac'dyn. Dydyn nhw ddim yn iach nac yn hapus, gwaetha'r modd. Mi ddeudis i na fyddai dim da yn dŵad o ymyrraeth Gwydion.'

'Pam? Be sydd wedi digwydd?'

'Un ffals, dwyllodrus oedd y Blodeuwedd 'na. Mae'n amlwg nad oedd gan Gwydion gymaint o reolaeth arni ag roedd yn 'i feddwl.'

'Pam? Be mae hi wedi'i neud?'

'Mi fradychodd hi Lleu a chymryd dyn arall i'w gwely pan oedd Lleu oddi cartra. Yna fe gynllwyniodd hi a'i thipyn cariad i ladd Lleu er mwyn iddyn nhw gael bod efo'i gilydd.'

'Ewadd! Lleu druan! Ddaru nhw lwyddo i'w ladd o?'

'Do a naddo.'

'Be wyt ti'n ei feddwl wrth "do a naddo"? Mae Lleu naill ai'n fyw neu'n farw.'

'Fe drawyd o gan gariad Blodeuwedd â gwaywffon oedd wedi ei melltithio. Roedd hi'n ergyd farwol. Ond ar y funud olaf, fel roedd o ar fin marw, fe weddnewidiodd i fod yn eryr a diflannu.'

'Anhygoel! Ddaru nhw ddod o hyd iddo fo wedyn?'

'Do, drwy ryw drugaredd. Fe fu Gwydion yn chwilio amdano fo'n ddiflino. Ac o'r diwedd fe ddaeth o hyd iddo. Ddim yn bell o fa'ma, fel mae'n digwydd. Yn Nantlle.'

'Ydi o ar ffurf eryr o hyd?'

'Nacdi. Cafodd ei adfer i'w ffurf ddynol gan Gwydion. Ond roedd golwg erchyll arno fo. A rhaid imi gyfadda fod Gwydion, beth bynnag ydi ei ffaeledda fo, wedi ei nyrsio fo'n hynod o dyner a gofalus.'

'Dyna'r peth lleia y gallai'i neud dan yr amgylchiada,' meddai Porchellan yn sychlyd. 'Be ddigwyddodd i Blodeuwedd?'

'Fe ddihangodd hi. Roedd Gwydion yn gynddeiriog. Aeth ar ei hôl hi'n ddidrugaredd fel blaidd ar ôl ei brae.'

'Ddaru o ei dal hi?'

'Do.'

'Ddaru o ei lladd hi?'

'Unwaith eto, do a naddo.'

'Ah, mae'n debyg ei fod o wedi defnyddio un o'i

hen swynion sinistr arni hi. Gad imi ddyfalu. Ddaru o ei throi hi'n rhywbeth arall, do?'

'Do ... roeddat ti'n iawn am y dylluan.'

'O'r nefoedd! Am greulon! Be ddigwyddodd i'r cariad?'

'Cafodd ei erlid a'i ladd gan Lleu.'

'Hanas erchyll, te? Rwyt ti'n iawn. Mae gan Gwydion lawar iawn ar ei gydwybod, os oes ganddo fo un. O, rydwi mor falch nad wyt ti ddim y math yna o ddewin, Myrddin.'

'A finna, ngwas i. A finna.'

Ymhen dipyn gofynnodd Porchellan, 'Fyddai ots gen ti petawn i'n gweddnewid? Mae arna'i flys bod ar ffurf ddynol unwaith eto. Rydwi'n ddigon bodlon bod yn fochyn. Wedi'r cwbwl, dyna ydwi yn y bôn, ond rhaid deud ei bod hi'n gymaint haws gneud petha efo dwylo yn hytrach na thraed mochyn. Mi a'i y tu ôl i'r sgrin acw i weddnewid.'

'Be 'di'r swildod 'ma? Rydwi wedi dy weld di'n gweddnewid ddigon o weithia.'

'Mae fy nillad isa i braidd yn hen a bratiog,' atebodd y mochyn gan wrido.

'Well iti gael rhai newydd felly. Rhaid iti arfar bod ar ffurf ddynol pan awn ni i hela'r Twrch Trwyth.'

'Ni? Wyt ti am ddŵad hefyd, Myrddin? O, fe fydd hynny'n braf.'

'Ydw. Rydwi am neud yr ymdrech. Wedi'r cwbwl,

dyma'r antur fawr, te? Mi fyddwn i'n difaru yn nes ymlaen petawn i ddim yn mynd.'

'Dydwi ddim yn cwyno, ond pam mae'n rhaid imi fod ar ffurf ddynol ar gyfer yr ymchwiliad yma yn arbennig?'

'Wel, os ydan ni am hela Twrch, bydd yn rhaid i'r helwyr wybod pwy ydi pwy. Os bydd perchyll Twrch efo fo, gallai petha fynd yn flêr. Er dy ddiogelwch di, te?'

'Call iawn. Pryd fyddwn ni'n cychwyn ar yr ymchwiliad?'

'Dim am rai wythnosa. Rhaid rhoi cyfla i'r marchogion a'r ceffyla gael gorffwys. Rhaid casglu bwyd ac offer. Mae ymchwiliad mor gymhleth â hwn yn galw am gynllunio gofalus iawn.'

'Os bydd 'na unrhyw broblem, mi fedran nhw bob amsar droi ata' i am gyngor,' meddai'r mochyn.

'Rydwi'n siŵr ei bod hi'n galondid mawr i Arthur wybod hynny,' meddai'r dewin.

15

Roedd Porchellan wedi diflasu. Nid oedd terfyn ar yr holl baratoadau ar gyfer mynd i hela'r Twrch Trwyth. Cerddodd yn ddiamcan o gwmpas y Llys. Ni chymerodd neb lawer o sylw ohono. Pwdodd. Roedd y macwyaid yn rhy brysur i sgwrsio gan eu bod yn rhoi sglein ar arfwisgoedd y marchogion ac yn cyfrif y cleddyfau a'u hogi. Roedd y gwastrodion yn rhy brysur yn gofalu fod y meirch a'u gêr mewn cyflwr da ar gyfer yr helfa. Roedd y morynion ieuengaf wedi manteisio ar y tywydd braf ac wedi trawsymud yn un haid efo picnic i'r traeth yn Ninas Dinlle. Roedd hyd yn oed Myrddin wedi diflannu. Pan aeth Porchellan i chwilio amdano yn ei labordy cafodd y drws wedi ei gloi, a darn o bapur wedi ei hoelio arno yn dweud 'Dim mynediad. Perygl. Arbrofion ymbelydrol'.

'Go brin,' meddai Porchellan wrtho'i hun. 'Fwy na thebyg ei fod o'n ista yn yr hen gadair 'na a'i draed i fyny yn darllen nofel dditectif.'

Cerddodd allan i'r ardd. Edrychodd ar y blodau. Am sbel go hir bu'n gwylio'r pysgod aur yn troi a throelli yn y llyn bach. Yna aeth i edrych ar y blodau unwaith eto. Ni thrafferthodd i fynd yn ôl at y pysgod aur. Ochneidiodd, 'O, rydwi wedi laru. Faswn i'n rhoi unrhyw beth i fod yn ôl efo'r myfyrwyr crwydrol. Roedd bywyd yn gyffrous efo nhw. Yn wir, roedd 'na fil mwy o hwyl yng Nghaernarfon nag yn fa'ma.' Cofiodd yn hiraethus am y nosweithiau pan oedd wedi gweddnewid i fod yn was ffarm ifanc ac ymuno â hogiau'r dref i yfed a chwarae cardiau yn y tafarndai lleol. Cofiodd am rai o ferched ifainc Caernarfon, 'y fodins' chwedl yr hogiau, ac am fynd am dro hyd lannau'r Fenai gydag ambell un ar noson loergan a ... Ochneidiodd eto.

Erbyn hyn roedd wedi cyrraedd pen pellaf yr ardd. Mewn gwirionedd, prin y gellid disgrifio'r rhan hon fel gardd o gwbwl. Dyma'r man lle teflid offer wedi torri ac y pentyrrid chwyn a thociadau gwrychoedd. Sylwodd Porchellan fod yna dwll bychan yn y gwrych. Er ei fod ar ffurf llanc ifanc, llwyddodd i ymwthio drwyddo. Fe'i cafodd ei hun ar ochr y mynydd yn edrych i lawr ar bentref Nantlle. 'Sgwn i sut le ydi Nantlle?' meddyliodd. 'Fedrith o ddim bod yn fwy diflas na fa'ma, beth bynnag.' Dechreuodd gerdded i lawr drwy'r rhedyn. Bu'n cerdded am hydoedd, ond am ryw reswm nid oedd y pentref fymryn yn nes. 'Mae'n debyg fod 'na lwybr yn rhywle,' meddai wrtho'i hun, ond ni allai weld un yn unman. Penderfynodd droi'n ôl i gyfeiriad y gwrych a'r twll y daeth drwyddo. Ond ni allai weld y gwrych. Yn wir, ni wyddai ym mha gyfeiriad yr oedd. Yn sydyn roedd hi wedi oeri a chwythai awel fain. Daeth cymylau duon rhyngddo a'r haul braf a oedd mor gynnes a deniadol ddechrau'r pnawn. Teimlai fod y mynyddoedd fel petaent yn cau amdano'n fygythiol. Dechreuodd ddifaru ei fod wedi gadael y Llys o gwbwl. Nid oedd dim amdani ond trawsymud yn ôl yno'n reit gyflym.

Safodd yn stond, cau ei lygaid, a dychmygu ei fod yn ôl yn y neuadd fawr. Dywedodd y geiriau 'I Lys Arthur' deirgwaith. Ni ddigwyddodd dim. Yna cofiodd fod Myrddin wedi dweud fod yn rhaid bod yn hollol fanwl wrth nodi'r cyfeiriad. Rhoddodd gynnig arall arni. 'I Lys Arthur yn Nantlle,' meddai, rhag ofn nad oedd yn glir pa un o lysoedd Arthur a olygai. Dim byd. Dim symudiad o unrhyw fath. Dechreuodd gynhyrfu ac adrodd pob cyfuniad o eiriau y gallai feddwl amdanynt, gan orffen ag 'I Lys y Brenin Arthur a Marchogion y Ford Gron yn Nantlle, ddeng milltir a hanner i'r de o Gaernarfon yng ngogledd Cymru.' Dim byd.

Bellach roedd yr ychydig haul a oedd ar ôl yn isel ar y gorwel. 'Dyna'r gorllewin,' meddyliodd. 'Os a'i i'r cyfeiriad yna fe wela'i'r môr cyn bo hir. Wedyn fe fydd gen i ryw syniad i ba gyfeiriad y dylwn i fynd.' Ond er iddo gerdded gryn bellter nid oedd unrhyw olwg o'r môr. Ni fedrai weld Nantlle chwaith. Er ei bod yn dechrau tywyllu nid oedd unrhyw lygedyn o olau i'w weld yn y dyffryn. Siawns na fyddai yna olau yn ffenest rhyw fwthyn yn rhywle, ond ni allai weld dim ond mynyddoedd a llethrau rhedynog i bob cyfeiriad. Sylweddolodd ei fod ar goll. Cerddodd ymlaen yn ddiamcan gan faglu ar y tir creigiog yn y gwyll. Roedd wedi blino. Yna gwelodd glwstwr o goed yn y pellter. Ni chofiai eu gweld o'r blaen. Eisteddodd i lawr ar garreg fawr i gael ei wynt ato.

Yn sydyn sylwodd fod fflachiadau bach o oleuni yn dod o gyfeiriad y coed a rhyw sŵn sisial ysgafn. Dychrynodd. Beth os mai lladron oedd yna? Ond beth fedrent ei ddwyn hanner ffordd i fyny mynydd? Gallai eu cuddfan fod yma, serch hynny. Aeth i orwedd y tu ôl i'r garreg. Penderfynodd aros yn ddistaw yno a gweld beth a ddigwyddai nesaf. Yn awr gallai glywed lleisiau a sŵn traed yn dod yn nes. Roedd rhywun neu rywbeth yn symud yn y clwstwr coed. Sylweddolodd mai golau lanterni oedd y fflachiadau. Yna clywodd fiwsig. Roedd yn hudolus, yn dawel a thyner, bron yn llesmeiriol. Teimlai Porchellan na fyddai lladron yn datgelu eu hunain drwy chwarae miwsig. Penderfynodd godi a mynd i weld pwy oedd yno. Mae'n amlwg y byddai pwy bynnag a lwyddodd i ddod i le mor anghysbell yn gwybod y ffordd yn ôl i ryw gyfannedd, ac o bosib medrent ddangos iddo'r llwybr i Nantlle.

Erbyn hyn roedd wedi cyrraedd y coed a gwelodd fod llannerch yn y canol, wedi ei goleuo â dwsinau o lanterni. Dechreuodd rhywrai gerdded allan o'r coed ac ymgasglu yn y llannerch. O'u blaenau cerddai grŵp o gerddorion; un yn chwarae ffidil, un arall grwth, ac un arall ryw fath o bib. Roedd yna tua deunaw o bobol ifanc yn y grŵp, yn llanciau tal hardd ac yn ferched hynod brydferth. Sgyrsient yn hapus â'i gilydd wrth gerdded. Roedd sŵn eu chwerthin fel clychau arian i glust Porchellan. Nid lladron mo'r rhain. Siriolodd drwyddo. Ymwared o'r diwedd! Mae'n siŵr mai bechgyn a merched o'r pentref oedd yma, wedi dod i gael parti yn y llannerch. Nid oedd dim a hoffai'n fwy na pharti, a phenderfynodd y byddai'n ymuno yn yr hwyl.

Fel y camodd Porchellan i mewn i'r llannerch, peidiodd y miwsig. Safodd pawb yn stond ac edrych arno. Oedodd yntau am funud, ond gwelodd eu bod i gyd yn gwenu'n gyfeillgar. Daeth un o'r merched tlysaf ymlaen. 'Croeso, Porchellan,' meddai. Teimlodd Porchellan ryw bigiad bach o betruster. Sut y gwyddai hi ei enw? Yna meddyliodd efallai ei bod yn adnabod rhai o forynion y Llys ac wedi eu clywed hwy yn sôn amdano. Wedi'r cwbl, byddai'r morynion yn mynd i lawr i'r siop yn y pentref. 'Tyrd i ymuno â ni,' meddai'r ferch gan wenu'n glên ac estyn ei llaw allan. Rargian, roedd hi'n ddel. Cydiodd Porchellan yn ei llaw a gadael iddi ei dynnu i mewn i gylch o ddawnswyr a oedd wrthi'n symud i ganol y llannerch. Yna dechreuodd y miwsig eto. Cychwynnodd â'r un alaw hudolus ag o'r blaen, a theimlai Porchellan fel petai'n cael ei siglo'n ôl ac ymlaen yn ysgafn a thyner. Yna'n sydyn newidiodd yr alaw i fod yn fiwsig aflafar a gwyllt. Diffoddodd y lanterni fesul un. Bellach nid oedd ond rhyw lygedyn bach o oleuni ar ôl. Cyflymodd y ddawns. Prin y medrai Porchellan weld y dawnswyr eraill. Nid dawnsio roeddent yn awr ond chwyrlïo'n lloerig, eu traed yn prin gyffwrdd â'r ddaear. Sylweddolodd Porchellan yn sydyn fod rhyw deimlad gwahanol i law'r ferch ifanc a'i tynnodd i mewn i'r ddawns. Edrychodd i lawr a gweld, nid y llaw fach wen y gafaelasai ynddi rai munudau yn ôl, ond crafanc gnotiog. Goleuodd y golau gwan ei hwyneb am ennyd. Roedd yr eneth dlos wedi diflannu ac yn ei lle roedd hen wrach hagr ddiddannedd yn crechwenu arno ac yn dal ei law yn dynn fel feis. Closiodd rhagor o wynebau ato, nid yn gyfeillgar a glandeg bellach ond yn hyll, sinistr a bygythiol. Yn awr swniai eu chwerthin fel crawcian brain, yn sbeitlyd ac yn elyniaethus. Mewn fflach, gwawriodd y gwirionedd ar Porchellan. Nid pobol ifanc Nantlle oedd y rhain. Dyma'r Tylwyth Teg!

Gwibiodd pob math o atgofion trwy ei feddwl. Hanesion roedd ef unwaith wedi eu gwawdio fel coel gwrach. Hanesion am lanciau a grwydrodd i mewn i ddawns y Tylwyth Teg a diflannu am byth. Hanesion am eraill a ddychwelodd i'w cartrefi ymhen blynyddoedd lawer dim ond i ddarganfod fod eu hanwyliaid i gyd wedi marw a neb yn eu cofio. Hwythau wedyn yn nychu a marw'n ddiamgeledd, yn estroniaid mewn gwlad estron. O'r diwedd gwnaeth yr hyn y dylai fod wedi ei wneud oriau ynghynt. Sgrechiodd nerth ei ben, 'Help! Myrddin!'

Yn sydyn roedd yn anhrefn llwyr. Mewn ffrwydriad anferth mor olau â mellten rhuthrodd Myrddin i mewn i'r cylch gan ruo a rhegi. Chwifiodd ei wialen hud yn wyllt i bob cyfeiriad. Syrthiodd cyrff yn bendramwnwgl dros y lle. Hedfanodd crwth drwy'r awyr gan fethu pen Porchellan o ryw fodfedd. Roedd y lle'n llawn o sgrechiadau, bloeddiadau a sŵn traed yn sgrialu'n wyllt i bob cyfeiriad. Yna, distawrwydd. Distawrwydd od, iasoer. Daeth Porchellan ato'i hun yn gorwedd ar lawr y llannerch a'i ben yn troi. Nid oedd golwg o'r Tylwyth Teg. Ond uwch ei ben safai Myrddin yn wyllt gacwn.

'Y ffŵl gwirion! Be gebyst oeddet ti'n trio'i neud? Wnes i ddim dy rybuddio di am y Tylwyth Teg? Wnest ti ddim sylweddoli pwy oeddan nhw? Wnest ti ddim synhwyro'r peryg?'

'Naddo, wir yr. Roeddan nhw'n edrach yn hollol normal. Hynny yw, i gychwyn. Yn glên. Yn gyfeillgar. Roeddwn i'n meddwl mai pobol ifanc o'r pentra oeddan nhw.'

'Argol fawr! Mae isio gras a nerth a blacin gwyn! Sut oeddat ti'n disgwyl i'r Tylwyth Teg edrach? Yn betha bach del yn fflio o gwmpas yn gwisgo capia bach wedi eu gneud o glycha'r gog? Yn fflapian adenydd bach amryliw a chwifio gwialennau bach pefriog?'

'Felly maen nhw'n cael eu portreadu fel rheol.'

'Ia, gan ffyliaid nad ydyn nhw erioed wedi'u gweld nhw. Wyt ti ddim yn sylweddoli eu bod nhw'n bencampwyr ar weddnewid? A sut ddoist ti i fa'ma yn y lle cynta? Rwyt ti filltiroedd i ffwrdd o'r Llys. Reit yng nghanol eu tiriogaeth felltith nhw.'

Adroddodd Porchellan yr holl hanes o'r munud yr aeth trwy'r twll yn y gwrych.

'Mi wnes i drio trawsymud yn ôl i'r Llys sawl gwaith. Mi wnes i drio pob cyfuniad o eiria dan haul ond doedd dim byd yn tycio. Pam na fedrwn i ddim trawsymud?'

'Am nad yw'n bosib trawsymud i mewn ac allan o libart y Llys heb gyfrinair arbennig.'

'Pam na wnest ti ddim ei roi o imi?'

'Paid â bod mor dwp! Ydyn nhw wedi amharu ar dy fennydd di hefyd? Wyt ti'n meddwl y byddwn i'n rhoi rhwydd hynt iti fynd a dŵad fel y mynnet ti? Ddeudis i fod 'na hud a lledrith peryglus iawn yn yr ardal yma, do? Ond roeddat ti'n meddwl dy fod di mor glyfar, 'doeddat? Chdi, efo dy holl brofiad o'r byd mawr. Roeddat ti'n gwybod y cwbwl, 'doeddat? Pam oedd rhaid cymryd unrhyw sylw o ryw hen ddewin ffwndrus fel Myrddin? Codi bwganod oedd o, te? Trio dy ddychryn di efo rhyw hen straeon gwirion am Dylwyth Teg a ballu.'

Plygodd Porchellan ei ben mewn cywilydd. 'O, dwn i ddim be i ddeud, wir. Mae'n ddrwg calon gen i, Myrddin,' meddai'n ddagreuol. 'Fe wn i'n iawn y dylwn i fod wedi sylweddoli'r peryg. Nid dyma'r tro cynta iti achub fy mywyd i. Dydwi ddim yn haeddu dy gael di yn ffrind ac yn athro. Yn waredwr, yn wir.'

'Taw, rŵan,' meddai Myrddin mewn llais mwynach. 'Rwyt ti'n gwybod fy mod i yma iti bob amsar pan fo angen. Fodd bynnag, gobeithio dy fod yn sylweddoli dy fod wedi cael dihangfa wyrthiol bron. Diolch i'r nefoedd dy fod wedi galw arna'i cyn iddi fynd yn rhy hwyr. Ac mi wnest ti ei gadael hi tan y munud ola. Ond dyna ni. Mae popeth yn dda a ddiweddo'n dda, meddan nhw. Dyro dy law imi ac fe wnawn ni drawsymud yn ôl adra.'

Mewn chwinciad roedd y ddau yn sefyll yn labordy Myrddin.

'Fe leciwn i ofyn un peth,' meddai Porchellan. 'Os ydi Tynged yn cadw golwg mor fanwl arna'i, pam na ddaru hi ddim ymyrryd? Oedd arni hi isio imi gael y fath fraw a fallai gael fy nghipio i ffwrdd am byth?'

'Ella ei bod hi wedi penderfynu dysgu gwers go bwysig iti.'

'Be felly?'

'Fod yr hen Fyrddin yn fwy profiadol, ac o bosib yn ddoethach na chdi, ac y byddai'n syniad da iti wrando ar ei gyngor o ambell dro.'

16

O'r diwedd roedd popeth yn barod ar gyfer yr ymchwiliad. Roedd yr osgordd wedi ymgasglu yn iard y Llys a phawb yn ysu am gael cychwyn. Fe fu ychydig o oedi tra oedd Gwenhwyfar a rhianedd y Llys yn ffarwelio'n ddagreuol, ond cyn hir roedd yr osgordd yn gadael y mynyddoedd ac yn teithio i lawr tuag at Gaernarfon. Yno yn y porthladd byddent yn mynd ar fwrdd llong i hwylio i Iwerddon, gan fod y Twrch Trwyth wrthi'n anrheithio'r wlad honno.

Ar flaen y llu roedd Arthur, yn ei arfwisg ddisglair, ar gefn Llamrai, ei gaseg hardd. Wrth ei ochr roedd macwy yn cario Caledfwlch, cleddyf y Brenin. Y tu ôl i hwnnw roedd Mabon fab Modron, wedi ei adfer i'w lawn iechyd, yn dalsyth a balch. Gwibiai ei helgwn gwynion o gwmpas carnau ei farch, pob ci â thorch arian am ei wddw. Yna daeth Myrddin yn hamddenol ar gefn caseg lwyd, dew. Gydag ef roedd Porchellan ar ffurf ddynol. Bu'n fochyn bach del erioed, ond fel gŵr ifanc roedd yn wirioneddol drawiadol. Yn awr roedd ganddo ei farch hardd ei hun. Hongiai cleddyf mewn gwain aur oddi ar ei wregys. Ar ei darian roedd ei arfbais newydd wedi ei pheintio mewn lliwiau llachar. Teimlai ei fod yn gydradd ag unrhyw farchog yn yr osgordd. Ond roedd yn rhaid iddo yntau gyfaddef na fedrai gystadlu ag Arthur yn ei holl ogoniant. Ni fedrai dynnu ei lygaid oddi ar gleddyf y Brenin.

'Caledfwlch ydi hwnna?' gofynnodd. 'Mae o'n fendigedig.' Ac roedd hynny'n wir. Roedd gwain y cleddyf wedi ei gorchuddio â gemau o bob lliw yn fflachio yn yr heulwen.

'Ond dim ond y wain y medri di ei gweld,' meddai Myrddin, 'er bod honno'n ddigon o ryfeddod ynddi'i hun. Mae ganddi hitha bwerau cryfion. Maen nhw'n deud ei bod yn amhosib iti ddioddef clwy marwol os wyt ti'n ei chario hi, ac mae rhai'n credu na fyddet ti ddim hyd yn oed yn gwaedu. Ond mae'r cleddyf ei hun yn fwy rhyfeddol fyth. Gall hwnnw dorri trwy haearn fel cyllall drwy fenyn. Mae 'na ddwy sarff wedi eu cerfio arno fo ac fe fyddai rhywun yn taeru fod dwy fflam yn dod allan o'u cega nhw. Cafodd llawar gelyn ei ddallu ganddyn nhw.'

'Hwnna ydi'r cleddyf a dynnodd Arthur o'r garreg i brofi ei hawl i fod yn frenin?'

'Naci. Cleddyf arall oedd hwnnw.'

'Be ddigwyddodd i hwnnw?'

'Roedd Arthur yn arfar ei ddefnyddio fo nes iddo gael Caledfwlch. Mae'n debyg ei fod o mewn rhyw dwll dan grisia yn yr ogo.'

'Roeddat ti efo Arthur pan gafodd o Caledfwlch, 'doeddat? Deuda hanas Rhiain y Llyn.'

'Oeddwn, mi roeddwn i yno,' meddai Myrddin. 'Fi oedd yn rhwyfo Arthur yn y cwch ar y llyn. Yna'n sydyn dyma'r fraich 'ma'n dŵad allan o'r dŵr yn dal cleddyf.'

'Ewadd. Gest ti fraw? Oedd y Rhiain yn dlws?'

'Dwn i ddim. Dim ond ei braich hi welis i.'

'Sut wyddost ti mai merch oedd hi felly? Ella mai braich dyn oedd hi.'

'Rydwi'n medru deud y gwahaniath, debyg iawn. Ddim ddoe ges i fy ngeni.'

'Mae hynny'n amlwg.'

'Beth bynnag, merched sydd yn llechu dan y dŵr fel rheol. Morforwynion, nymffau afon, seirenau a ballu. A morwyn Llyn y Fan Fach, te? Beth bynnag, rydwi'n gwybod i sicrwydd mai merch oedd yn dal y cleddyf. Roedd 'na ddwy Riain y Llyn. Roeddwn i'n nabod y llall yn reit dda, ond does arna'i ddim isio siarad am honno, os nad oes ots gen ti.'

'Oho!' meddai Porchellan dan ei wynt. Yna meddai, 'Mae 'na un peth na fedra'i mo'i ddallt. Ar ôl i Arthur gael ei glwyfo hyd angau ym mrwydr Camlan roeddwn i'n meddwl fod Bedwyr wedi taflu Caledfwlch yn ôl i mewn i'r llyn. Sut gafodd Arthur glwy marwol os oedd o'n cario Caledfwlch, ac os ddaru Bedwyr daflu'r cleddyf i'r llyn, sut mae Caledfwlch yma heddiw?'

'Porchellan bach, rydwi wedi deud dro ar ôl tro iti beidio â choelio pob chwedl a glywi di. Dysga ymddiried yn dy lygaid a dy glustia dy hun. Rwyt ti'n gwybod fod Arthur yn fyw ac yn iach ac yn byw yn Nantlle. Ac rwyt ti'n medru gweld Caledfwlch y munud yma.'

'Fydd Arthur yn defnyddio Caledfwlch i ladd y Twrch Trwyth?'

'Fedra'i ddim gweld hynny'n digwydd rywsut.'

'Be yn hollol ydi hanas Twrch?'

'Mi wyddost ti nad ydi o ddim yn faedd gwyllt mewn gwirionedd. Wel, mae o rŵan, ond chafodd o ddim mo'i eni'n faedd. Cafodd ei droi'n faedd gan Dduw yn gosb am ei ddrygioni.'

'Dydi cael dy droi'n faedd prin yn gosb.'

'Mi oedd hi iddo fo. Roedd o'n frenin cyn hynny.'

'Pa ddrygioni oedd o wedi'i neud?'

'Dwn i ddim. Does neb yn gwybod y manylion, ond mae'n rhaid ei fod o'n rhywbath ofnadwy.'

Erbyn hyn roeddent wedi cyrraedd Caernarfon, a'r osgordd yn ymlwybro hyd y cei dan furiau'r castell. Ac yno, wrth angor, roedd Prydwen, llong Arthur.

'Waw!' meddai Porchellan. 'Mae hi'n fendigedig.'

'Ydi, wir. Mae'n llwyr haeddu'r enw Prydwen,' meddai Myrddin.

Ac mi roedd hi'n olygfa hardd, yn disgleirio'n goch ac aur yn yr haul. Ar ei blaen roedd delw o Wenhwyfar yn gwisgo coron aur. Bu rhywfaint o strach wrth ddod â'r dynion a'r meirch i gyd ar fwrdd y llong, ond cyn hir roeddent yn hwylio i lawr afon Menai tua'r môr agored. Ar y dechrau cadwasant yn glòs at lannau Môn. Roedd y môr yn dawel ac aeth Porchellan i fyny ar y dec gyda Myrddin i fwynhau'r olygfa hardd o'i gwmpas. Wrth iddynt fynd ymhellach i mewn i'r môr gallent weld llongau eraill yn y pellter.

'Pwy ydyn nhw? Ydyn nhw'n dŵad efo ni?'

'Ydyn,' atebodd Myrddin. 'Mae hon yn fenter mor fawr fel fod Arthur wedi gofyn am gymorth pob rhyfelwr yn Nhair Ynys Prydain a'u Tair Rhagynys. Ac mae hefyd wedi galw ar filwyr o Lydaw, Normandi a Gwlad yr Haf. Nhw sydd yn y llonga yn fancw.'

Bellach roeddent allan ym Môr Iwerddon. Cododd y gwynt a dechreuodd y tonnau guro'n gryf ar ochrau'r llong a pheri iddi siglo'n enbyd. Aeth Porchellan yn ddistaw iawn, arwydd drwg bob amser.

'Rydwi'n teimlo'n reit gwla,' meddai'n wantan wrth Myrddin. 'I ddeud y gwir, dydwi ddim wedi teimlo mor sâl ers imi yfed dy ddiod hud di yng Nghoed Celyddon. Well imi fynd i orwedd i lawr.'

'Syniad da,' meddai'r dewin mewn llais yr un mor wan. 'Mi wna' inna'r un peth. O na fasa gen i ddonia Sugn fab Sugnedydd.'

'Pwy goblyn ydi hwnnw? Am enw afiach!'

'Mae o'n un o ffrindia Arthur. Mi fedrith o sugno i fyny'r holl fôr a'r llonga sydd arno fo nes fod pobman yn dir sych. Petawn i'n medru gneud hynna fe fedrem ni adael y llong 'ma a cherdded drosodd i Werddon ar *terra firma*.'

'Fe fyddet ti'n swp sâl petaet ti'n llyncu cymaint o ddŵr hallt.'

'Rydwi'n swp sâl fel mae hi,' griddfannodd Myrddin.

'Oes raid inni aros ar fwrdd y llong? Pam na fedrwn ni ddim trawsymud i dir sych?'

'Dydi hynny ddim yn bosib, mae arna'i ofn. Byddai cyflymder y trawsymud yn ddigon amdanat ti a thitha'n wan o salwch môr.'

Treuliodd Porchellan y ddwy awr nesaf yn gorweddian ar ei wely bach yn y caban. Teimlai nad oedd anfarwoldeb o bosib yn syniad mor dda wedi'r cyfan. Roedd Myrddin wedi ymlusgo i fyny i'r dec ac yn hongian dros y rêl yn cael gwared o'i frecwast.

O'r diwedd daeth bloedd gan y gwylwyr, 'Tir ahoi! Tir ahoi!'

Llwyddodd Porchellan i gropian i fyny i'r dec i gael ei olwg gyntaf o Iwerddon. Daeth Myrddin ato.

'Diolch i'r drefn,' meddai'r dewin gan edrych tua'r lan. 'O'r diwedd! Yr Ynys Werdd.'

'Rwyt ti'n lliw gwyrdd reit ddiddorol dy hun,' meddai'r mochyn.

Pan oedd pawb wedi dod atynt eu hunain ar ôl y fordaith, ac wedi dadlwytho a gorffwys, dechreuasant baratoi ar gyfer yr helfa. Daeth hanesion atynt o bob cwr o Iwerddon am y difrod a wnaethai'r Twrch Trwyth. Yn awr roedd y sefyllfa wedi gwaethygu gan fod perchyll Twrch wedi ymuno yn yr ymosodiadau. Roedd holl drigolion Iwerddon yn ofni am eu bywydau gan na wyddent i ble fyddai'r bwystfilod yn mynd nesaf. Teimlent eu bod dan warchae o bob tu. Ar un ochr roedd Twrch a'i epil yn difrodi popeth, ac yn awr roedd bygythiad newydd yn eu hwynebu.

Roedd si ar led fod miloedd o longau rhyfel wedi glanio a lluoedd dirifedi o filwyr arfog dan arweiniad y Brenin Arthur ei hun yn llifo i mewn i'r wlad, a'u bryd ar ladd a difetha unrhyw beth nad oedd Twrch eisoes wedi ei ddinistrio. Daeth gwŷr eglwysig yr ynys ynghyd i ymgynghori a phenderfynwyd anfon cynrychiolwyr o'u plith i grefu ar Arthur i drugarhau ac arbed y wlad. Trefnwyd cyfarfod â'r Brenin.

Cyrhaeddodd Arthur a grŵp dethol o'i ddilynwyr y man cyfarfod. Gallent glywed Twrch, er ei fod gryn bellter i ffwrdd, yn chwyrnu a rhuo, yn ysgyrnygu a phystylad, wrth iddo ddadwreiddio coed a dychmwel unrhyw adeilad bychan a oedd ar ei ffordd.

'Mae'n rhaid deud ei fod o'n swnio'n faedd trawiadol iawn. Mae ganddo ystod rhyfeddol o wahanol synau. Tybed a fedrwn i gynhyrchu rheina i gyd?' gofynnodd Porchellan. 'Paid â chynhyrfu. Does gen i ddim bwriad o arbrofi,' ychwanegodd, wrth weld Myrddin yn edrych arno mewn braw.

'Mae o wedi cael llawer o ymarfer,' meddai'r dewin. 'Mae o wedi bod yn faedd yn hirach nag y bu'n ddyn.'

'Ydi ei berchyll efo fo? Faint ohonyn nhw sydd yma?'

'Dwn i ddim faint sydd ganddo fo i gyd ond mae 'na saith yma yn Iwerddon.'

'Wel, os mai perchyll ydyn nhw, reit siŵr y gall Arthur a'i filwyr ddelio â nhw'n ddigon hawdd,' meddai Porchellan yn eithaf didaro, ac eto yn ei galon teimlai ryw anesmwythyd wrth feddwl am erlid ei rywogaeth ef ei hun.

'Go brin,' meddai Myrddin. 'Nid perchyll bach hoffus, diniwad ydi'r rhain. Maen nhw'n gywion o frid, a gwaed yr hen Dwrch ffiaidd 'na yn llifo drwy'u gwythienna nhw. Fandaliaid bach digywilydd! Mi glywis i mai Grugyn Gwrych Eraint ydi enw eu harweinydd nhw. Hen gena bach atgas ydi o, meddan nhw. Faset ti ddim yn lecio'i gyfarfod o ar noson dywyll.'

Daeth y sgwrsio i ben, gan y gallent weld gŵyr eglwysig Iwerddon yn dod tuag atynt. Ar y blaen cerddai rhyw hanner dwsin o fynaich mewn abidau budr, bratiog. Offeiriaid oedd y gweddill. Roedd golwg dlodaidd arnynt. Gwisgent bob math o wisgoedd eglwysig, yn wenwisgoedd, yn gasuliau, ac yn ddalmatigau, y mwyafrif ohonynt wedi gweld dyddiau gwell. Gwisgai un neu ddau gobau llwydaidd. Roedd y gwisgoedd o bob lliw litwrgaidd, yn wyrdd, porffor, coch, du a gwyn.

Gwgodd Cai, a oedd yn llym iawn ynglŷn â rheolau a defodau o bob math.

'Dydyn nhw ddim yn gwybod y lliwiau priodol ar gyfer y tymhora eglwysig?' gofynnodd yn flin. 'Ble ydan ni yn y flwyddyn eglwysig, bellach? Rydwi wedi colli cownt efo'r holl grwydro o gwmpas 'ma.'

'Sul diwetha oedd y chweched ar ôl Sul y Drindod,' meddai Porchellan.

'Felly fe ddylen nhw i gyd fod yn gwisgo gwyrdd, nid rhyw gymysgfa flêr fel hyn.'

'Efallai fod arnyn nhw ofn y byddai pobol yn eu camgymryd nhw am grŵp dawnsio gwerin Gwyddelig petaen nhw i gyd mewn gwyrdd,' meddai Porchellan, gan chwibanu alaw werin trwy ei ddannedd yn ddistaw.

'Taw y munud 'ma,' meddai Arthur yn ddig. 'Paid â bod mor wamal. Mae'n debyg fod rhai ohonyn nhw mor dlawd fel mai'r rhain ydi'r unig wisgoedd sydd ganddyn nhw.'

'Nid sant, sant heb dlodi.'

'Ew, pwy ddeudodd hynna?' gofynnodd Bedwyr.

'Fi,' meddai'r mochyn.

Camodd offeiriad canol oed a mynach ifanc eiddil yr olwg ymlaen. Gwenodd Arthur yn garedig arnynt. 'Croeso, Wŷr Duw,' meddai. 'Boed i Dduw eich bendithio chwi a holl bobol Iwerddon.'

Syllodd y gwŷr eglwysig arno mewn syndod. Ai hwn oedd y teyrn creulon a oedd â'i fryd ar eu difa hwy i gyd?

'Henffych, frenin grasusaf,' meddai'r offeiriad yn betrus. 'Dewiswyd ni i ddod ag apêl holl bobol Iwerddon ger dy fron. A gaf i dy ganiatâd i'w chyflwyno, f'arglwydd?'

'Ar bob cyfrif,' meddai Arthur. 'Rydwi'n barod iawn i wrando arnoch.'

'Rydym dan warchae o bob cyfeiriad. Rydym wedi dioddef yn erchyll dan ddwylo ... ym ... draed Twrch a'i epil. Mae rhan helaeth o Iwerddon yn ddiffaith erbyn hyn. Ac yn awr dyma titha a dy luoedd yn dod i'n lladd ni i gyd ac ysbeilio'r hynny sydd gennym ar ôl. Be fedrwn ei neud? Rydan ni wedi cyrraedd pen ein tennyn.'

'Ydach chi wedi trio gweddïo?' gofynnodd Porchellan.

'Do, debyg iawn,' meddai'r offeiriad yn bigog. 'Dyna ydi ein gwaith ni, te? Rydan ni wedi bod yn gweddïo'n ddi-baid.'

'Mae hynna'n wir,' meddai'r mynach ifanc yn ddwys. 'Mi rydw i'n bersonol wedi erfyn am gymorth y seintia Brendan, Oengus, Enda, Brid, Muiredach, Serapion a'r tri Ciarán. A'r un arall 'na ... y ... bechingalw.'

'Padrig?' gofynnodd yr offeiriad.

'Ia. Hwnnw. Be arall fedrwn ni 'i neud?'

'Gweddïo'n gletach?' awgrymodd y mochyn.

Yna cododd Arthur ei law a gwenu'n hawddgar ar yr offeiriaid a'r mynaich.

'Peidiwch ag ofni,' meddai. 'Does gen i a'm marchogion ddim bwriad o'ch niweidio chi mewn unrhyw fodd. I'r gwrthwyneb yn llwyr. Rydan ni wedi dod yma i gynnig ein nawdd i chi. Mae'n wir mai ein bwriad yn y lle cynta oedd cael gafael ar y trysora sydd gan y Twrch Trwyth rhwng ei glustia, ond wedi gweld y difrod mae o wedi'i achosi rydan ni wedi penderfynu ei ladd o a'i epil ffiaidd a rhyddhau eich gwlad o'u gormes nhw.'

Rhoddodd yr offeiriad ochenaid o ryddhad. 'Diolch a fo i Dduw.'

'Ac i Brendan, Oengus, Enda, Brid, Muiredach, Serapion, y tri Ciarán ac ... y ... bechingalw,' meddai'r mynach ifanc.

'Sut fedrwn ni ddiolch i ti am dy drugaredd a'th haelioni? Am ein gwaredu ni o'n helbul?' gofynnodd yr offeiriad.

'Does dim angen diolch,' meddai Arthur. 'Dydwi'n gofyn am ddim byd heblaw eich bendith cyn inni fynd ati i hela Twrch.'

'Cewch hynny'n llawen,' meddai'r offeiriad gan godi ei law a gwneud arwydd y groes. 'Pob bendith a llwyddiant ichi. A thangnefedd Duw, yr hwn sydd uwchlaw pob deall, a fo yn eich plith ac a drigo gyda chwi'n wastad. *Pax vobiscum.*'

'Fydd 'na ddim llawar o *pax* i ni o hyn ymlaen,' meddai'r mochyn.

Ar y gair gallent glywed rhuadau Twrch yn dod yn nes ac yn nes.

17

Yn ddiweddarach y diwrnod hwnnw, ar ôl i'r gwŷr eglwysig eu gadael, galwodd Arthur ei farchogion at ei gilydd.

'Mae'n rhaid inni rwystro Twrch rhag gneud rhagor o ddifrod yn Iwerddon,' meddai. 'Awn i weld a fyddai'n bosib trefnu i'w gyfarfod o a dod i ryw gytundeb.'

Edrychodd Porchellan ar y Brenin mewn braw. Trodd at Myrddin a gofyn, 'Be gebyst sydd arno fo? Ydi o am ildio i'r anghenfil 'na? Ar ôl yr holl baratoadau a'r holl siarad, ai fel hyn fydd yr ymchwiliad yn gorffen?'

Roedd wedi'i ddychmygu ei hun yn rhuthro'n wyllt ar draws Iwerddon yn erlid Twrch a'i epil, yn chwifio ei gleddyf newydd sbon, a hwnnw'n diferu o waed. Nid ei waed ef, wrth gwrs. Roedd wedi'i weld ei hun yn dal a lladd Twrch heb gymorth neb arall. Yn cario pen yr anifail a'r trysorau a oedd rhwng ei glustiau yn ôl at Arthur yn fuddugoliaethus. Y Brenin yn ei gofleidio gan wylo o ddiolchgarwch, a bonllefau'r marchogion eraill yn atsain yn ei glustiau.

'Paid â chynhyrfu,' meddai'r dewin. 'Mae Arthur yn gwybod be mae o'n ei neud. Mae o'n hen law ar gyd-drafod â'i elynion. Reit siŵr mai rhyw ystryw ar ei ran o ydi hyn i daflu llwch i lygaid Twrch.'

'Mi awn ni cyn belled â gwâl Twrch i weld be fydd yn digwydd,' meddai'r Brenin. 'Mi anfona'i negeswyr o'n blaena ni i weld a oes modd ei ddenu fo allan. Bydd yn rhaid cael cyfieithydd. Mi alwa'i ar Gwrhyr Gwalstawd Ieithoedd.'

'Pwy ar y ddaear ydi o?' gofynnodd Porchellan.

'Mae o'n gyfieithydd cydnabyddedig, wedi pasio lot o arholiada,' meddai Myrddin.

'Rargian, mae rheiny'n ddau am ddima yng Nghymru. Ac i be mae isio gofyn iddo fo gyfieithu? Ella fod ganddo fflyd o gymwystera fel cyfieithydd, ond mae gen i fflyd o gymwystera fel baedd gwyllt. Mi fedrwn i siarad yn llawar haws efo Twrch a'i epil na fo, rydwi'n siŵr.'

'Mae Gwrhyr yn medru siarad dwn i ddim faint o ieithoedd. Ac yn medru cyfieithu ar y pryd.'

'Mi fedra' inna hefyd. Yn hollol rugl.'

'Wel, reit siŵr y gwnaiff Arthur adael iti fynd efo Gwrhyr, rhag ofn iddo fo anghofio rhyw air. Ond gofala di adael iddo fo arwain y ffordd. Mae'n hawdd pechu yn ei erbyn o.'

Drannoeth aethant at wâl Twrch. Roedd y llwybr a arweiniai ati wedi ei orchuddio ag esgyrn dynion ac anifeiliaid. Safodd Arthur, Myrddin, Porchellan a rhai o'r marchogion eraill yn un twr nerfus ychydig bellter i ffwrdd. Yn sydyn dyma lais yn gweiddi, 'Gadewch i mi fynd drwodd! Rydwi'n gyfieithydd trwyddedig.'

'Gwrhyr Gwalstawd Ieithoedd ydi hwnna,' sibrydodd Myrddin.

'Lembo,' meddai'r mochyn.

'Ydach chi'n barod?' gofynnodd Arthur. 'Ewch chi ymlaen yn gynta, gyfieithwyr.' Cerddodd Gwrhyr a Phorchellan yn nerfus tuag at y wâl.

'Fi gynta,' meddai Gwrhyr, gan roi sgwd i'r mochyn o'r ffordd.

'Dim problem, mêt,' meddai Porchellan, a oedd wedi colli cryn dipyn o'i frwdfrydedd wedi gweld yr holl esgyrn.

Galwodd Gwrhyr yn uchel mewn iaith nad oedd neb ond Porchellan yn ei deall, 'Er mwyn Duw, a'th greodd di ar y ddelw yr wyt ar hyn o bryd, os medri siarad, tyrd allan i siarad ag Arthur.'

Clywyd sŵn symud y tu mewn i'r wâl, ond nid Twrch ddaeth allan, ond un o'r perchyll.

'Grugyn Gwrych Eraint ydi hwnna,' meddai Gwrhyr. 'Yr hen sglyfath bach annifyr.'

Roedd enw Grugyn Gwrych Eraint yn un hynod o addas. Disgleiriai ei wrych fel adenydd bach arian, ac wrth iddo symud fflachient fel diemwntiau. Ar yr olwg gyntaf meddyliodd Porchellan ei fod yn hynod o dlws. Ond pan drodd ei ben gwelodd fod ei wyneb yn gwrs ac yn sbeitlyd, ei geg yn gam mewn gwên greulon.

'Er mwyn Duw, a'n gwnaeth ni ar y ddelw hon,' meddai, 'wnawn ni ddim byd i Arthur, dim hyd yn oed siarad ag o. Rydan ni wedi diodda digon drwy gael ein troi'n foch, heb i chi ddod yma i'n herlid ni. Naw wfft i Arthur a'i giwed.' Ar y gair, poerodd dros draed Gwrhyr.

Pan glywodd Porchellan yr holl gwmni'n ebychu mewn braw, sylweddolodd fod Gwrhyr yn hynod o fedrus ar gyfieithu ar y pryd. Roedd ef ei hun, wrth reswm, yn dilyn y cwbwl yn iaith y baeddod.

'Paid ti â meiddio sarhau Arthur yn y fath fodd,' gwaeddodd Gwrhyr. 'Mi fyddi di'n talu'n ddrud am hyn. Mae Arthur yn benderfynol o gael y trysora sydd gan Twrch rhwng ei glustia, doed a ddelo.'

'Chaiff o mohonyn nhw tra rydwi'n fyw,' sgrechiodd Grugyn, 'ac yn sicr ddim tra bo Twrch yn fyw. Does neb erioed wedi herio Twrch a dod oddi yno'n holliach. Ac yn sicr nid Arthur a'i osgordd dila fydd y rhai cynta, coeliwch fi.'

Trodd at Porchellan ac ysgyrnygu arno. 'Mi wn i'n iawn be wyt titha yn y bôn, mêt, dan holl grandrwydd y dillad dynol 'na. Wnest ti ddim fy nhwyllo i am funud. Cywilydd iti am fradychu dy rywogaeth dy hun. Cei di dalu am hynna hefyd. Chdi a dy dipyn brenin. Fory fe fyddwn i gyd yn croesi drosodd i Gymru ac yn gneud cymaint o hafoc ag y medrwn.'

''Rhen gythral bach powld,' meddai Porchellan. 'Chdi sy'n codi cywilydd ar holl faeddod y byd, nid fi.'

Nid bygythiad gwag oedd geiriau Grugyn. Drannoeth plymiodd Twrch i mewn i Fôr Iwerddon gan ruo a rhegi. Dilynwyd ef gan ei saith porchell, yn clochdar yn gyffrous wrth feddwl am y dinistr a'r celanedd roeddent ar fin eu hachosi. Erbyn i Arthur gasglu ei holl lu a'u meirch ynghyd a rhoi'r holl gyfarpar ar fwrdd Prydwen a'r llongau eraill, roedd Twrch a'i epil ymhell ar y blaen. Y tro hwn, fodd bynnag, cafodd yr osgordd fordaith dawel, braf a chyn hir roeddent yn nesáu at lannau Cymru. Datgelodd pelen hud Myrddin fod Twrch a'r perchyll yn Nyfed.

'Maen nhw wedi glanio ym Mhorth Clais,' meddai'r dewin.

'Ble mae fanno?' gofynnodd Bedwyr.

'Ger Tyddewi,' atebodd Arthur. 'Fe awn ninna yno i orffwys a hel popeth at ei gilydd ar gyfer yr helfa. Gallwn ofyn am fendith y mynaich yno, ac am nawdd Dewi Sant ei hun.'

Drannoeth anfonodd Arthur negeswyr allan i weld pa ddifrod roedd y baeddod eisoes wedi ei wneud. Daeth newyddion torcalonnus yn ôl eu bod wedi anrheithio'r ardal yn llwyr a lladd y rhan fwyaf o drigolion ac anifeiliaid Daugleddyf. Nid oedodd Arthur ar ôl hyn. Bellach ni fyddai'n dangos unrhyw drugaredd i Twrch a'i deulu. Pan glywodd Twrch fod Arthur yn awr ar ei warthaf ac yn ennill tir, galwodd y perchyll at ei gilydd ac i ffwrdd â nhw i gyfeiriad Preselau. Dilynodd Arthur eu trywydd ar ei gaseg Llamrai. Gydag ef roedd Bedwyr gyda Cafall, helgi Arthur, ar dennyn. Wrth ei ochr roedd Mabon fab

Modron a'i helgwn gwynion, a Culhwch, yn eiddgar am weld yr helwyr yn cipio trysorau Twrch.

Ond roedd yna un heliwr trawiadol arall, gŵr cydnerth sinistr yr olwg ar gefn march anferth du. Dyma Gwyn ap Nudd, Brenin Annwn. Ar gais Arthur roedd wedi ymuno â'r llu oherwydd ei fedrusrwydd arbennig fel heliwr. Gwisgai arfwisg ddu, helmed ddu ar ei ben a phlu mawr du arni, ac roedd wedi duo ei wyneb yn ogystal ar gyfer yr helfa. Gwibiai ei helgwn ffyrnig o'i gwmpas yn glafoerio. Syllai Porchellan arno mewn edmygedd, ond hefyd â chryn nerfusrwydd.

'Pam mae Gwyn ap Nudd yn codi'r fath ofn arna'i?' gofynnodd i Myrddin. 'Mi wn i mai fo ydi Brenin Annwn, ond ni ddylai hynny beri'r fath arswyd. Ia, arswyd. Does dim gair arall i ddisgrifio'r teimlad iasoer rydwi'n ei gael bob tro mae o'n edrach arna'i. Ac mae o'n syllu arna'i drwy'r amsar efo'r llygaid llym 'na.'

'Mae o wedi dy nabod di fel yr un ddaru lwyddo i ddianc.'

'Dianc o ble?'

'Dianc o grafanga'r Tylwyth Teg, wrth gwrs. Wyddost ti ddim mai Gwyn ydi Brenin y Tylwyth?'

'Be? Argol fawr, wyddwn i ddim. Does ryfedd fy mod i'n crynu fel deilan. Fe wyddwn i ei fod o'n Frenin Annwn, ond roeddwn i'n meddwl mai Oberon oedd Brenin y Tylwyth Teg.'

'Nid yng Nghymru. Paid â mynd yn agos at Gwyn. Mae'n gas gan y Tylwyth gael eu croesi. Mae o o'i go efo chdi am dy fod di wedi llwyddo i ddianc, ac efo finna am imi dy achub di.'

'Pam mae Arthur yn fodlon cyfathrachu â fo?'

'Mater o raid, wsti. Maen nhw ill dau yn frenhinoedd, a rhaid cadw'r ddysgl yn wastad. Hefyd, wrth gwrs, mae Gwyn yn heliwr penigamp ac mae Arthur angen ei help o efo'r helfa. Arhosa wrth fy ochr i os ydi o'n dŵad yn nes. Ond dydwi ddim yn meddwl y bydd o'n trio dy niweidio di tra bo Arthur a'i farchogion yma i d'amddiffyn di. Heblaw ei fod o'n gwybod am fy mhwerau i fel dewin, a byddai'r rheiny yn ddigon i neud iddo feddwl ddwywaith.'

Aeth yr helfa ymlaen ac ymlaen. Ambell dro gallent weld y baeddod yn y pellter ac yna eu colli wedyn. Dilynodd yr helwyr hwy cyn belled â Chwm Cerwyn yn y Preselau. Yno fe safodd Twrch yn stond a wynebu ei erlidwyr a gwên sarrug ar ei wefusau. Yna neidiodd i'w canol gan ruo. Llwyddodd i ladd nifer o helwyr gorau Arthur. Gan lyfu'r gwaed oddi ar ei weflau, carlamodd ymaith eto. Dawnsiodd ei epil wrth ei ochr yn gwichian yn orfoleddus wrth synhwyro'r holl waed. Er y teimlai'n ddwys o golli cynifer o'i helwyr dewraf, ailgydiodd Arthur yn yr ymlid. Ond roedd Twrch yn awchu am ragor o waed a llwyddodd i ladd sawl heliwr arall cyn aros i orffwys yn Aber Tywi. Yno rhuthrodd ar Gwilenhin, Brenin Ffrainc, a'i larpio. Aeth Arthur yn wallgof. 'Sut medra'i ddial y fath sarhad?' gofynnodd. 'Sut medra'i anfon negeswyr i Ffrainc i ddeud fod eu brenin wedi ei ladd mewn ffordd mor gywilyddus o'm plegid i?'

Collwyd y trywydd am gyfnod, ond wedyn llwyddodd Gwyn ap Nudd i ddilyn dau o'r perchyll i Ddyffryn Llwchwr. Anfonodd Arthur lu o helwyr dethol i'w herlid.

'Ymleddwch hyd angau,' meddai. 'Rhaid dial am farwolaeth Gwilenhin.'

'Oes raid anfon cynifer o helwyr ar ôl dau fochyn bach?' gofynnodd Porchellan.

'Arhosa nes iti weld pwy ydyn nhw,' meddai Arthur. Ar y gair dyma Grugyn Gwrych Eraint a'i frawd, Llwydog Gofyniad, yn rhuthro at yr helwyr gan sgrechian nerth eu pennau. Cyn hir roeddent wedi llwyddo i ladd pob un o'r helwyr dethol ac eithrio un, ac roedd hwnnw wedi ei glwyfo hyd angau.

'Dyna ddigon,' meddai Arthur. Trodd at Gwyn ap Nudd a Mabon fab Modron. 'Dowch, mae'n rhaid rhoi pen ar y fath gyflafan.'

Gollyngodd Gwyn a Mabon eu helgwn ffyrnicaf ar y perchyll. Pan glywodd sgrechiadau ei epil, ynghyd â bloeddiadau'r helwyr, sŵn cleddyfau a bwyeill rhyfel yn diasbedain, gweryru gwyllt y meirch a chyfarth yr helgwn, ailymddangosodd Twrch i geisio achub ei blant. Rhedodd y pum porchell arall ato o wahanol gyfeiriadau. Gyrrwyd Arthur a'i ddilynwyr yn eu holau gan gynddaredd ymosodiad y baeddod. Ciliasant mewn braw, a dihangodd Twrch a'i epil i gyfeiriad Mynydd Amanw. Wedi ei gywilyddio wrth gael ei orchfygu gan ddau borchell, galwodd Arthur ar bob un o'i ddilynwyr a oedd ag unrhyw arf yn ei law i wneud un ymdrech olaf, neu farw. A bu brwydr mor ffyrnig yn Nyffryn Amanw nes y lladdwyd y baeddod i gyd ac eithrio Grugyn, Llwydog a Thwrch ei hun.

Yna aeth yr helfa'n llawer anoddach wrth i Twrch, Grugyn a Llwydog redeg i ffwrdd i wahanol gyfeiriadau.

'O, pam na fedrwn ni adael i'r perchyll fynd?' gofynnodd Porchellan. 'Dim ond dau sydd ar ôl wedi'r cwbwl, ac mae'n debyg na fedren nhw ddim cario ymlaen yn hir ar eu penna eu hunain.'

'Fedrwn ni ddim gadael iddyn nhw ddianc,' meddai Arthur. 'Ella mai perchyll ydyn nhw ar hyn o bryd, ond hyd yn oed fel perchyll maen nhw'n ddiawliaid bach peryglus. Dyn a ŵyr be fyddai'n digwydd petaent yn tyfu i fod fel eu tad.'

Aeth Grugyn ar wib i gyfeiriad Ceredigion. Penderfynodd Porchellan a Myrddin ei ddilyn o bellter.

'Dydwi ddim yn hollol hapus ynglŷn â hyn,' meddai Porchellan. 'Rydwi'n dallt yn iawn fod yn rhaid dal Twrch, ac o bosib ei ladd o, er mwyn cael y trysora sydd rhwng ei glustia fo. Ond y perchyll ...'

'Epil Twrch ydyn nhw. Maen nhw wedi lladd a difrodi bron gymaint. Gwranda, Porchellan, rhaid iti beidio â gadael i dy natur gynhenid gymylu dy farn.'

Dilynasant Grugyn cyn belled â Garth Grugyn yn Llanilar. Gallai Porchellan weld a chlywed yr ymosodiad o hirbell. Ymladdodd y porchell â'i holl nerth gan ddangos dewrder rhyfeddol.

Ac yna, gan herio ei erlynwyr i'r diwedd, bu farw Grugyn Gwrych Eraint.

Roedd Porchellan wedi cynhyrfu drwyddo, er iddo geisio celu hynny rhag gweddill y cwmni. Meddai wrth Myrddin, 'Wyddost ti be? Roedd gen i biti calon dros Grugyn yn y diwedd. Mi wn i ei fod o'n hollol atgas o ran natur, ond roedd o mor dlws efo'i wrychyn arian disglair, ac mae'n rhaid i ti gyfadda ei fod o wedi ymladd yn hynod o ddewr. A waeth i finna gyfadda fod gen i a Grugyn lawar yn gyffredin. Wedi'r cwbwl, roeddan ni'n rhannu'r un natur yn y bôn. Ond roedd o, y creadur bach, wedi cael magwraeth erchyll efo tad fel Twrch. Fedra'i ddim peidio â meddwl, Myrddin, petaet ti heb fy achub i yng Nghoed Celyddon a rhoi cartra imi, ella y byddwn inna wedi mynd ar gyfeiliorn. Dyn a ŵyr be fyddai wedi digwydd i finna heblaw amdanat ti a gras Duw.'

'O, na, ngwas i,' meddai'r dewin. 'Roedd dy natur di'n hollol wahanol. Beth bynnag oedd dy wendida bach di, roedd dy galon di bob amsar yn y lle iawn.'

Yn y cyfamser roedd Arthur a rhai o'i ddilynwyr wedi dilyn Llwydog, y porchell arall, cyn belled ag Ystrad Yw, yn y de-ddwyrain. Roedd yr helwyr o Lydaw wedi ymuno â nhw. Daeth ergyd greulon arall i Arthur yn y fan honno. Ac yntau eisoes yn teimlo'r cywilydd a'r galar o golli Brenin Ffrainc, bu'n rhaid iddo yn awr wylio Llwydog yn lladd Hir Peisog, Brenin Llydaw, yn ogystal â dau o'i ewythredd ef ei hun, sef brodyr ei fam.

Ac yna ar ôl ysgarmes waedlyd, cafodd Llwydog yntau ei ladd.

Yn awr, roedd Twrch ar ei ben ei hun, wedi ei gynddeiriogi wrth weld lladd pob un o'r perchyll. Aeth i gyfeiriad yr ardal eang rhwng Tawe ac Ewias.

'Gadewch iddo fynd,' meddai Arthur. 'Rhaid inni orffwys. Mae fy helwyr wedi ymlâdd. Rhaid i finna dalu parch i frodyr fy mam a'u claddu. Arhoswn yma am ychydig ac yna fe alwaf ar wŷr Dyfnaint a Chernyw i ddod i gwrdd â mi ger aber afon Hafren. Dydwi ddim am redeg ar ôl Twrch fel hyn. Mae'n rhaid ei wynebu a'i herio unwaith ac am byth. Chaiff o ddim mynd i Gernyw.'

'Mae o wedi anrheithio Iwerddon a rhan helaeth o dde Cymru, pam ddyla fo arbed Cernyw?' gofynnodd Porchellan.

'Dim rheswm, mae'n debyg,' meddai Arthur, 'heblaw fy mod i'n digwydd bod yn hoff iawn o'r lle. Mae gen i dŷ haf yno yng Nghelli Wig. Lle dymunol dros ben.'

'Roedd gan gefndar Gwalchmai dŷ haf hefyd,' meddai Bedwyr. 'Bwthyn bach gwyngalchog wrth droed yr Wyddfa.'

'O, dyna braf,' meddai Porchellan.

'Ia, maen nhw'n deud ei fod o'n lle braf iawn nes iddo gael ei losgi.'

'Ei losgi?'

'Ia, yn ulw. Cafodd nifer o dai haf eraill eu targedu tua'r un amsar. Ddaru nhw byth ddal y sawl oedd yn gyfrifol.'

'Well inni symud ymlaen,' meddai Arthur. 'Mae'n siŵr fod Twrch wrthi'n creu mwy o lanast tra rydan ni yn fa'ma yn sgwrsio. Wedi'r cwbwl, be 'di'r ots gan neb am ryw dŷ haf neu ddau?'

'Roedd ots gan gefndar Gwalchmai,' meddai Bedwyr. 'Roedd o'n fflamio.'

'Fel ei fwthyn,' meddai Porchellan.

Cyn hir roeddent ar y ffordd unwaith eto.

'Mae hyn yn mynd braidd yn ddiflas,' meddai Porchellan.

'Cytuno'n llwyr,' meddai Myrddin, a oedd yn hiraethu am glydwch ei labordy a'r hen gadair freichiau annwyl. 'Ond fydd Arthur ddim yn rhoi'r gora iddi nes iddo wynebu Twrch. Mae arno isio dial am ei holl golledion. A meddylia am Gulhwch druan. Rhaid inni gael trysora Twrch neu fydd ganddo fo ddim gobaith o ennill Olwen. Mae o a'r marchogion wedi cyflawni cymaint o'r tasga a osodwyd gan Ysbaddaden fel y bydda'n anodd iawn iddyn nhw roi'r gora iddi rŵan.'

'Ia, mae'n debyg fod hynna'n wir,' meddai Porchellan gydag ochenaid. 'Ymlaen felly.'

Cyn hir gallent weld afon Hafren yn y pellter.

'Dyma ni,' meddai Arthur. 'Yr afon ddiadlam, fel petai. Fe fydd ein tynged ni neu un Twrch yn cael ei phennu yma. Dyma lle mae'n rhaid i ninna groesi'r Rubicon.'

'Rubicon? Roeddwn i'n meddwl mai Hafren oedd enw'r afon,' meddai Bedwyr.

'Cyfeirio mae o at benderfyniad tyngedfennol Iŵl Cesar i groesi afon Rubicon yn y flwyddyn 49 cyn Crist,' meddai Porchellan.

'Ewadd. Sut wyt ti'n gwybod yr holl betha 'ma?' gofynnodd Bedwyr.

'Athrylith gynhenid,' meddai'r mochyn.

Erbyn hyn roedd Twrch yntau wedi cyrraedd yr afon, a safodd ar ei glan yn bytheirio ac ysgyrnygu. Cododd ei ben anferth a syllu'n haerllug ar Arthur. Yna rhuodd fel llew lloerig. Gan godi Caledfwlch a'i chwifio uwch ei ben, neidiodd Arthur a'i farch at y bwystfil. Roedd yn amlwg nad oedd Twrch wedi disgwyl hyn, oherwydd llithrodd a disgyn yn wysg ei gefn i mewn i'r afon. Rhuthrodd nifer o helwyr i mewn ar ei ôl a cheisio ei ddal dan y dŵr. Fel roedd Twrch yn strancio a chicio yn ei ymdrech i ddianc rhag yr helwyr, daeth Mabon fab Modron at ei ochr yn slei a llwyddo i gipio'r rasal oddi ar ei ben. Pan drodd y bwystfil ei ben i ymosod ar Mabon, sleifiodd Gwyn ap Nudd i'w ochr arall a chipio'r gwellaif. Ond cyn i neb fedru gafael yn y crib roedd Twrch wedi llwyddo i ddringo allan o'r afon ar yr ochr draw, ac i ffwrdd ag ef gan regi a melltithio.

Diolchodd Porchellan mai ef oedd yr unig un a oedd yn deall y fath araith. Trodd at Myrddin a dweud, 'Pryd mae hyn i gyd yn mynd i orffan? Rydwi wedi cael llond bol. Edrycha yn dy belen hud, Myrddin, i weld a ydi petha am ddod i ben cyn hir.'

'Fedra'i ddim,' meddai'r dewin. 'Mae hi yng ngwaelod fy mag cyfrwy o dan fy holl ddillad budr. Beth bynnag, fedrwn i ddim mo'i defnyddio hi. Mae hi angan polish cyn imi fedru cael llun clir. Ond fedra'i ddim gweld yr helfa 'ma yn para'n llawar hirach. Mae pawb wedi ymlâdd, gan gynnwys Twrch, mi dybiwn i.'

Mynd ymlaen a wnaeth yr helfa. Llwyddodd Twrch i gyrraedd Cernyw fel yr ofnasai Arthur. Ond yno fe lwyddwyd i gipio'r crib oddi arno. Hyd yn oed wedyn nid oedd Arthur yn fodlon. Roedd am waed Twrch. Dilynasant ef cyn belled â'r môr. Ni fedrent fynd ymhellach. Dringodd Twrch i ben craig uchel a sefyll yno uwchben y dibyn. Trodd i edrych yn heriol ar ei erlidwyr. Syllodd i lygaid Arthur.

'Mae'n ddrwg gen i dy siomi di, 'rhen elyn,' meddai'n wawdlyd.

Porchellan yn unig a ddeallodd ei eiriau. Yna rhoddodd Twrch floedd fyddarol a neidio oddi ar y graig i lawr i'r môr. Ni fedrai'r helwyr ei ddilyn gan fod y dibyn serth yn rhy beryglus iddynt hwy a'u meirch. Ni fedrent wneud dim ond sefyll yno'n syfrdan yn gwylio Twrch yn nofio allan i'r môr agored gan chwerthin.

18

'Wel, dyna siom,' meddai Porchellan. 'Diwedd tila iawn i'n holl ymdrechion ni, ynte?'

'Rydwi'n cytuno'n llwyr,' meddai Arthur, 'does neb yn fwy siomedig na fi. I feddwl fod yr hen Dwrch felltith 'na a'i draed yn rhydd. Ein holl helyntion a cholledion ni yn ofer.' Yna trodd at Culhwch a dweud, 'Wel, nid yn gwbwl ofer, fallai. Er inni fethu â difa Twrch, fe ddaru ni lwyddo i gipio ei drysora fo, a hynny sy'n bwysig i ti. Gelli di fynd yn ôl at Ysbaddaden rŵan a'i orfodi i gadw'i air a rhoi Olwen iti. Beth bynnag, mae gen i ryw deimlad na welwn ni ddim mo Twrch eto. Wnaiff o ddim mentro ein herio ni ar ôl hyn. Wedi'r cwbwl, rydan ni wedi lladd ei holl epil, ac fe fyddem wedi ei ladd ynta petai o heb roi'r naid anhygoel 'na i lawr i'r môr.'

'Gawn ni fynd adra rŵan?' gofynnodd Porchellan.

'Cyn bo hir,' meddai'r Brenin. 'Rydwi am fynd i fy llys yng Ngelli Wig yng Nghernyw i orffwys am sbel. Wrth gwrs, mae 'na un dasg arall i'w gneud, ond fe fydd honno'n ddigon hawdd. Ac yna rhaid inni hebrwng Culhwch at Ysbaddaden Bencawr.'

'Be? Tasg arall?' gofynnodd Porchellan. 'Doeddwn i ddim wedi sylweddoli fod 'na dasg arall eto.

Roeddwn i'n meddwl ein bod ni wedi llwyddo i gael popeth y gofynnodd Ysbaddaden amdano. Rydwi wedi blino. Dwi isio mynd adra.'

'A finna,' meddai Myrddin, 'a rhaid imi gyfadda fy mod i wedi anghofio am y dasg ola 'ma. Ond paid â phoeni. Dydi hi ddim yn dasg fawr, dim ond fod yn rhaid inni nôl rhywbeth ar y ffordd adra.'

'Be felly?'

'Gwaed y Widdon Orddu.'

'Pwy ydi hi?'

'Gwrach.'

'Gwrach?' gwichiodd Porchellan mewn braw. 'Wyt ti'n trio deud fod yn rhaid inni gael gafael ar waed gwrach? Gynna roeddat ti'n siarad fel petai hi'n rhyw dasg fach ddiniwad fel mynd i brynu torth ar y ffordd adra.'

'Rargian, paid â chynhyrfu gymaint. Fe fydd fel chwara plant i Arthur a'i osgordd ar ôl Twrch a'i deulu.'

'Pwy ydi'r wrach 'ma a lle mae hi'n byw? A pham mae'n rhaid cael gwaed y greaduras?'

'Mi ateba'i dy gwestiyna di fesul un,' meddai Myrddin. 'Mae'r Widdon Orddu yn ferch i'r Widdon Orwen. Mi wnes i gyfarfod honno unwaith.'

'Pam na chawn fynd i'w gweld hi, felly, os wyt ti'n ei nabod hi? Ella y byddai hi'n fodlon rhoi rhyw ddiferyn neu ddau o waed iti.'

'Ddeudis i ddim fy mod yn ei lecio hi, naddo? A bydd angen mwy na rhyw ddiferyn neu ddau o waed. Beth bynnag, mae Ysbaddaden wedi gofyn yn arbennig am waed y Widdon Orddu. A diolch am hynny gan fod y Widdon Orwen yn byw ym Mhennant Gofid yn ucheldir Uffern.'

'Argol fawr, dydi ei merch hi ddim yn byw drws nesa iddi, gobeithio?'

'Nacdi, diolch i'r drefn. Mae hi'n byw yng Nghymru, mewn ogo yn y mynyddoedd. Bydd yn rhaid inni fynd heibio i'w chartra hi ar y ffordd i lys Ysbaddaden. A'r rheswm pam mae'n rhaid inni gael ei gwaed hi ydi fod Ysbaddaden isio'r gwaed i wlychu ei farf cyn iddo ei heillio â rasal Twrch ar gyfer y briodas.'

'Ych a fi! Pam na fedrith o ddim defnyddio dŵr a sebon fel pawb arall?'

'Dydi o ddim fel pawb arall, fel y cei di weld.'

Ar ôl oedi am rai dyddiau i ddadflino rywfaint, cychwynnodd yr osgordd ar ei ffordd drwy ganolbarth Cymru.

'Ydan ni'n gwybod ble mae'r wrach 'ma yn byw?' gofynnodd Porchellan.

'Ydan, debyg iawn,' meddai Arthur. 'Pan oeddan ni yng Nghelli Wig anfonis i fforwyr allan o'n blaena ni i holi. Maen nhw'n deud ein bod ni'n bur agos at ei chartra hi rŵan. Rhaid inni droedio'n ofalus o hyn ymlaen. Mae'n dir eitha garw. Mi ddewisa'i fy rhyfelwyr gora a mynd mor ddistaw ag y medrwn ni at ei hogo hi.'

'Fyddwn i'n meddwl y byddai hi'n siŵr o sylwi

ar dwr o filwyr arfog yn chwythu a griddfan wrth grafangu eu ffordd i fyny at yr ogo.'

'Mae fy rhyfelwyr gora wedi hen arfer sleifio i fyny at eu gelynion yn ddiarwybod iddyn nhw. Mi gei di a Myrddin wylio o bellter.'

Cyn hir roeddent o fewn golwg i'r ogof. Cofiodd Porchellan am wâl Twrch pan sylwodd fod pentyrrau o esgyrn o bob math ar y llwybr a arweiniai ati. Nesaodd Arthur a'i lu yn ofalus at geg yr ogof. Roedd y Brenin wedi dewis Cacamwri a'i frawd Hygwydd, y dewraf o'i ryfelwyr, i arwain yr ymosodiad.

Yn sydyn clywyd sgrech fyddarol a rhuthrodd rhywbeth tebyg i ystlum mawr du allan o'r ogof.

'Y wrach ydi honna?' sibrydodd Porchellan.

'Ia, mae'n debyg,' meddai Myrddin.

Roedd hi'n eithriadol o hyll. Chwifiai ei gwisg fratiog o'i chwmpas fel adenydd. Safodd yno yn ysgyrnygu ei hychydig ddannedd. Sgrechiodd nerth ei phen, 'Pwy sy'n meiddio aflonyddu ar y Widdon Orddu?' Cyn i neb gael cyfle i'w hateb roedd hi wedi rhuthro at Hygwydd a gafael mewn dyrnaid o'i wallt. Llwyddodd i'w lorio'n hollol ddidrafferth. Crafangodd ei wyneb â'i hewinedd hir budron. Neidiodd Cacamwri ymlaen i geisio achub ei frawd. Medrodd ei dynnu'n rhydd rywsut, ond trodd y wrach arno yntau wedyn. Ni fedrai'r ddau frawd gyda'i gilydd gystadlu â'i chryfder a'i chyflymdra hi. Ffoesant am eu bywydau yn ôl at Arthur. Ond ni chawsant groeso gan y Brenin.

'Dydan ni ddim am gael ein trechu gan wraig, hyd yn oed y Widdon Orddu,' meddai, gan gamu ymlaen i herio'r wrach ei hun. Tynnwyd ef yn ôl gan Gwyn ap Nudd.

'Dydi o ddim yn weddus dy fod di'n ymrafael â gwrach,' meddai. 'Anfon ragor o dy ryfelwyr mwyaf ffyrnig ati.'

Ond lloriodd y wrach bob un o'r rheiny hefyd yn hollol ddiymdrech.

Gwyliodd Porchellan hyn i gyd mewn braw a syndod. Trodd at Myrddin, a dweud braidd yn wawdlyd, 'O, ia. Roeddan ni am bicio draw i nôl dipyn o waed gwrach ar y ffordd adra. Dyna'r cwbwl. Be oedd dy union eiria di hefyd? O, ia. "Fel chwara plant". Wel, mae'r chwara wedi troi'n chwerw iawn, 'dydi?'

'Doedd gen i ddim syniad y byddai hi mor ffyrnig. Ac mae'n siŵr nad oedd gan Arthur ddim chwaith.'

Trodd Arthur yn chwyrn at ei ddilynwyr. 'Mae'n amlwg y bydd yn rhaid i mi fy hun ddelio â hon,' meddai, gan wthio Gwyn ap Nudd o'r ffordd. Rhuthrodd at y wrach a thaflu Carnwennan, ei gyllell, ati â'i holl nerth. Trawodd y gyllell y Widdon Orddu yn ei chanol a'i hollti'n ddau ddarn.

'Waw,' meddai Porchellan, 'sut fedrodd o neud hynna?'

'Dagr hud ydi Carnwennan,' esboniodd Myrddin. 'Gall dorri drwy unrhyw ddeunydd.'

Rhuthrodd un o'r marchogion ymlaen â photyn yn ei law i ddal gwaed y wrach.

'O'r diwedd,' meddai Arthur ag ochenaid o ryddhad, 'mae'r tasgau i gyd wedi eu cyflawni a'r ymchwiliad ar ben. Ymlaen â ni rŵan i lys Ysbaddaden.'

Symudodd yr osgordd ymlaen drwy ganolbarth Cymru. Ffarweliodd y marchogion fesul un ac un. Roedd rhai eisoes wedi mynd tua Normandi, eraill i Lydaw, gan fynd â'r newyddion trist i'w cydwladwyr fod eu brenhinoedd wedi eu lladd. Fel yr âi mwy a mwy ohonynt i wahanol rannau o Gymru, gadawyd grŵp bychan ar ôl, yn cynnwys Arthur, Bedwyr, Culhwch, Myrddin a Phorchellan, ynghyd â'u macwyaid a'u gweision. Ond roedd dau arall yn y grŵp hefyd, sef Gorau fab Custennin a Caw o Brydyn, a ddewiswyd yn benodol gan Arthur.

'Pam mae Gorau a Caw yn dod efo ni?' gofynnodd Porchellan.

'Mae ganddyn nhw ill dau dasga i'w cyflawni,' meddai Myrddin, 'ac mae Tynged wedi pennu mai dim ond nhw all eu gneud.'

'Wyddost ti be, Myrddin?' meddai'r mochyn. 'Yng nghanol holl firi a phrysurdeb yr ymchwiliad, roeddwn i wedi anghofio'n llwyr am Dynged.'

'Dydi hi ddim wedi anghofio amdanat ti,' meddai'r dewin.

Ar ôl teithio am sawl diwrnod gallent weld castell Ysbaddaden ar y gorwel.

'Nefoedd! Mae o'n anfarth,' meddai Porchellan.

'Wel, mae'n rhaid iddo fod. Mae Ysbaddaden ei hun yn anfarth.'

'Fydd Culhwch yn cael y castell os caiff o briodi Olwen?'

'Bydd. A rhai miloedd o erwau o dir da hefyd.'

'Does ryfedd ei fod o mor awyddus i'w hennill hi. Dydi hwnna ddim yn cracio cnau gweigion, nacdi?'

Cyn hir roeddent wedi cyrraedd y pentref bychan a oedd wedi tyfu o gwmpas y castell. Roedd ei strydoedd yn llawn o faneri lliwgar. Wrth y prif borth gosodwyd stondinau i werthu conffeti, rubanau a phedolau lwc dda. Hongiai baner enfawr o fur y porth ac arni y geiriau 'Bendith Duw ar y Pâr Dedwydd'.

'Olwen sy'n gyfrifol am yr holl ffaldiráls 'ma?' gofynnodd Porchellan. 'Mae hi'n cyfri ei chywion cyn iddyn nhw ddeor, 'dydi? Mi wn i ein bod ni wedi anfon ati i ddeud ein bod wedi llwyddo gyda'r tasga, ond doedd dim modd iddi wybod ein bod ar fin cyrraedd. A dydi'r holl ddathlu 'ma ddim yn garedig iawn i Ysbaddaden, nacdi? Wedi'r cwbwl, mae'r creadur yn gwybod y bydd o'n marw ar ddydd priodas Olwen. Dydi o ddim yn beth braf iddo fo weld yr holl fflagia 'ma a ballu ar garreg ei ddrws.'

'Dydi o ddim wedi eu gweld nhw, mae'n debyg. Dydi o ddim yn mynd allan ryw lawar.'

'Pam ddim?'

'Mae o'n rhy fawr ac afrosgo ac yn dueddol o gicio bythynnod drosodd a sathru taeogion.'

Cerddodd Arthur a'i ddilynwyr i mewn i neuadd fawr y castell. Yno eisteddai Ysbaddaden a golwg flin iawn arno. Roedd yn llawer iawn mwy nag y dychmygodd Porchellan.

'Pwy sydd yna?' gwaeddodd y cawr mewn llais croch. 'Weision! Brysiwch! Dowch yma i'm helpu er mwyn imi weld pwy ydi'r bobol 'ma.'

Rhuthrodd dau was ymlaen yn cario ffyrc hir. Wedi iddynt ddringo i fyny ar freichiau gorsedd Ysbaddaden, gwthiasant amrannau'r cawr yn agored â'r ffyrc.

'Ah. Mi wela'i pwy sydd yna rŵan. Arthur a'i griw wedi dod yn ôl o'u hymchwiliad. Maen nhw'n deud eich bod chi wedi llwyddo i gyflawni'r holl dasga a osodais i. Anodd credu. A does arna'i ddim isio credu chwaith oherwydd mi wn i'n iawn be mae hynny'n ei olygu i mi, os ydi o'n wir.'

Safai Olwen wrth ochr ei thad. Roedd wedi ei gwisgo'n foethus mewn pali ysgarlad ac yn diferu o emau disglair. Pan welodd hi Culhwch rhuthrodd ato a neidio i'w freichiau.

'Fy arwr! Rwyt ti wedi llwyddo! O, fy hogyn clyfar i!'

Gafaelodd Culhwch yn ei llaw a'i harwain at Ysbaddaden. Roedd Olwen fwy neu lai yn sboncio o lawenydd, ond cyfarchodd Culhwch ei thad â'r parch a'r urddas a oedd yn ddyledus i'r Pencawr yn ei lys ei hun.

'Henffych, Bencawr,' meddai. 'Rydwi wedi cadw fy rhan i o'r fargen ac wedi dŵad â phob peth wnest ti ofyn amdanyn nhw iti. Dy dro di ydi hi rŵan i gadw dy air a rhoi Olwen yn wraig imi.'

'Fyddet ti ddim wedi cyflawni hanner y tasga 'na heb help Arthur a'i farchogion. Iddyn nhw mae'r diolch,' meddai Ysbaddaden. 'Fodd bynnag, rydwi'n ŵr anrhydeddus sy'n cadw'i air, felly mi rodda'i Olwen iti'n wraig. Ond yn erbyn fy ewyllys, oherwydd bydd ei hapusrwydd hi yn achosi fy nhranc i. Mi wn i be fydd yn digwydd nesa, a dowch inni ei gael o drosodd yn reit sydyn.'

'Mi gei di weld rŵan pa dasga sy'n rhaid i Gorau a Caw eu gneud,' sibrydodd Myrddin yng nghlust Porchellan.

Cariodd un o weision y cawr ysgol fechan a'i rhoi i Caw. Dringodd hwnnw nes roedd wedi cyrraedd pen y cawr. Yn ei law roedd y potyn o waed y Widdon Orddu. Taenodd y gwaed dros farf y cawr a'i heillio â rasal y Twrch Trwyth. Torrodd ei wallt â gwellaif Twrch a'i gribo â chrib y baedd.

Yna daeth Caw i lawr yr ysgol a dringodd Gorau i fyny a chleddyf anferth yn ei law. Ag un trawiad nerthol torrodd ben y cawr i ffwrdd. Yna cariodd y pen i iard y castell a'i osod ar bolyn uchel yn y canol.

'Reit,' meddai Olwen. 'Gawn ni fynd ymlaen â'r briodas 'ma rŵan?'

Y noson honno safai Myrddin a Phorchellan yn iard y castell yn disgwyl i orymdaith priodas Olwen groesi o'r ystafelloedd preifat i'r neuadd fawr ar gyfer y seremoni a'r wledd briodas.

'Dyma nhw,' meddai Myrddin.

Bu cryn stŵr a symud o gwmpas y drws i'r iard, ac yna ymddangosodd Olwen. Roedd hi bron ar goll yng nghanol ffriliau a fflownsiau helaeth ffrog wen grand fel crinolîn.

'Rhyw ddynas o Lanidloes sy'n gneud y ffrogia 'ma, meddan nhw. Mae hi'n eu gneud nhw i'r sipsiwn hefyd. Maen nhw'n gythgam o ddrud,' meddai'r dewin.

'Wyddwn i ddim dy fod di'n arbenigwr ar ffasiyna merched.'

Cerddodd Olwen yn araf i mewn i'r iard. Roedd ei gwallt wedi ei bentyrru'n gocyn uchel ar dop ei phen a chyrls bach ffyslyd yn hongian i lawr y ddwy ochr i'w hwyneb. Ar ben hyn i gyd roedd rhyw fath o goron fach o emwaith. Cariai dusw anferth o lilis lliw oren. Y tu ôl iddi cerddai wyth morwyn briodas, dwy mewn pinc llachar, dwy mewn melyn, dwy mewn piws golau, a dwy mewn rhyw liw gwyrdd merfaidd.

'Ewadd. Del ydyn nhw, te?' meddai Myrddin, a oedd wedi gadael ei sbectol ar ôl yn ei ystafell.

Caeodd Porchellan ei lygaid a griddfan yn ddistaw.

Roedd y morynion yn cael cryn drafferth i symud, gan eu bod yn cario rhyw gynffon hir o sidan ar odre ffrog Olwen. Ar yr un pryd roedd yn rhaid iddynt gicio eu ffordd drwy'r pentyrrau o feillion a adawai Olwen ar ei hôl wrth gerdded. Yn awr roedd yr orymdaith wedi cyrraedd canol yr iard. Yno safai'r polyn yn dal pen Ysbaddaden.

Edrychodd Olwen arno'n ddidaro. 'O, wel,' meddai wrth fynd heibio.

'Rhag ei chywilydd hi, yr hen jadan fach galad,' meddai Myrddin. 'Paid byth â rhoi dy dryst mewn harddwch gwedd, Porchellan bach.'

Edrychodd Porchellan ar draws yr iard tua drws y neuadd. Yno safai Culhwch â rhyw wên lywaeth ar ei wyneb yn disgwyl am Olwen.

'Lwc dda iti, mêt,' meddai Porchellan dan ei wynt. 'Mi fyddi di ei angan o hefyd.'

19

Er y gwyddent fod yr hyn a ddigwyddodd yn llys Ysbaddaden i gyd wedi ei dynghedu, teimlai Arthur a'i ddilynwyr yn bur anghysurus ynglŷn â'r cwbwl. Nid oeddent am oedi yno a phrysurasant gyda'r paratoadau ar gyfer symud ymlaen adref.

'Ew, mi fydda'i'n falch o fod adra,' meddai Myrddin. 'Rydwi'n mynd yn rhy hen i galifantio fel hyn.'

Cawsant siwrnai ddidrafferth yn ôl ac ymhen dim roeddent yn cerdded i mewn i'r ogof, i'r croeso arferol. Yr un oedd y patrwm. Rhianedd yn gwichian a ffysian a Gwenhwyfar yn rhoi araith o groeso yn ei Chymraeg crand. Ni fedrai Myrddin oddef aros funud yn hwy. Rhuthrodd i'w labordy a suddo i mewn i'w hen gadair.

'Ah! Nefoedd ar y ddaear,' meddai ag ochenaid o bleser. 'Mi fedrwn i gysgu am wythnosa.'

'Chei di ddim mo'r cyfla,' meddai Porchellan. 'Cadwa dipyn o egni ar gyfer y parti.'

'Parti? Pa barti?'

'Glywist ti ddim? Mae Gwenhwyfar wedi trefnu andros o barti ar gyfer heno.'

'Be haru'r jolpan wirion? Dydi hi ddim yn sylweddoli ein bod ni i gyd wedi ymlâdd?'

'Wel, dydi hi ddim yn enwog am ei sensitifrwydd, nacdi?'

Y noson honno, i ddathlu cwblhau'r ymchwiliad, cafwyd un o'r gwleddoedd mwyaf i gael ei chynnal erioed yn y Llys. Roedd y rhianedd wedi treulio dyddiau lawer yn addurno Ehangwen, y neuadd fawr, â dail a blodau, rubanau a baneri. Ac wrth gwrs, roedd hen fflagiau Eisteddfod yr Urdd wedi dod allan o'r cwpwrdd unwaith yn rhagor. Yn anffodus, sylwodd Cafall, helgi Arthur, fod rhyw droedfedd o'r fflagiau hyn yn hongian yn rhydd o fewn cyrraedd iddo. Dechreuodd arbrofi i weld faint mwy y medrai ei ryddhau. Syrthiodd twmpath ohonynt ar ei ben. Wedi iddo ddod dros ei fraw, aeth i orwedd yng nghornel y neuadd a setlo yno i gnoi tameidiau o ddefnydd coch, gwyn a gwyrdd yn hamddenol cyn syrthio i gwsg anniddig. Ni welodd neb hyn. Roedd pawb yn llawer rhy brysur. Roeddent wedi penderfynu cael noson fawr, doed a ddelo. Roedd y sŵn yn fyddarol. Syniad y macwyaid o gynnal sgwrs oedd gweiddi ar ei gilydd ar draws y neuadd. Casglodd y rhianedd mewn grwpiau bach i wichian a chwerthin yn wirion. Rhedai rhai ohonynt o gwmpas y byrddau i bryfocio'r marchogion yn blentynnaidd. Cododd rhai o'r macwyaid ddyrneidiau o bwdin a'u taflu at ei gilydd.

Roedd croesan y Llys yn llai doniol nag arfer hyd

yn oed, a llwyddodd i fynd ar nerfau pawb nes i un o'r macwyaid benderfynu rhoi taw arno drwy wthio ei ben i mewn i ddysgl o gwstard. Bob hyn a hyn gellid clywed sŵn llestri yn malu'n deilchion. Nid nepell o'r prif fwrdd roedd telynor, crythor, a bachgen ifanc a'i lais wrthi'n torri a barnu oddi wrth ei wichiadau, yn gwneud eu gorau glas i gystadlu â'r holl dwrw. Ni sylwodd neb arnynt.

Roedd y byrddau yn gwegian â phob math o seigiau a fyddai'n ddiau yn peri i lawer marchog ymestyn yn wantan drannoeth am botel o 'Ffisig Camdreuliad Anffaeledig Myrddin'. Llifodd y gwin i bob cyfeiriad, llawer ohono dros y llieiniau damasg gwyn ar y byrddau.

'Mi fydd hi'n uffarn trio cael y staenia 'na allan,' cwynodd yr ychydig forynion a oedd yn ddigon sobor i sylwi ar y llanast.

Roedd cryn dipyn o'r gwin wedi llifo ar y llawr, a ffurfio pyllau bychain, a leibiwyd yn eiddgar gan yr helgwn o dan y byrddau. Cafodd hyn effaith bur andwyol arnynt a cherddent yn simsan o gwmpas yn udo. Roedd Myrddin yn gorwedd dan un o'r byrddau yn chwyrnu'n braf, wedi lapio ei hen glogyn amdano, ei ben ar gefn hen helgi musgrell a oedd wedi ei drechu'n llwyr gan y gwin. Yr olwg olaf a gafwyd o Porchellan y noson honno oedd ohono yn rhedeg ar ôl morwyn nwyfus o'r enw Morfudd i gyfeiriad yr ystafelloedd preifat.

Eisteddai Arthur a Gwenhwyfar wrth y prif fwrdd.

Roedd Arthur fel petai wedi ymbellhau o'r miri o'i gwmpas. Lled-orweddai yn ei gadair â rhyw wên wirion ar ei wyneb. Pwysai Gwenhwyfar yn ei erbyn, ei gwallt yn flêr a'i gwisg yn anhrefnus, yn troelli barf Arthur yn bryfoclyd o gwmpas ei bysedd. Cododd Lanslod ar ei draed. Ymlwybrodd yn simsan allan o'r neuadd a chwydu yr holl ffordd i lawr y grisiau.

Roedd hi'n noson gofiadwy, ond ychydig iawn o'r cwmni a fedrai gofio dim amdani drannoeth.

Bore drannoeth aeth Porchellan i chwilio am Myrddin. Daeth o hyd iddo yn ei labordy, ei ben ar ei freichiau ar y fainc, yn griddfan yn dawel.

'Sut mae, Myrddin?' gwaeddodd Porchellan wrth ddod drwy'r drws.

'Paid â gweiddi, da chdi. Mae fy mhen i bron â hollti.'

'Wyt ti wedi cael brecwast? Mi ges i wyau wedi eu sgramblo a madarch. Yna ges i chwe thafell o dost a marmalêd a thri mwg o siocled poeth.'

'Cau dy geg, neno'r dyn! Does arna'i ddim isio gweld bwyd byth eto.'

Eisteddodd y ddau yno'n ddistaw am rai munudau.

Yna trodd Myrddin at Porchellan a gwelodd hwnnw fod rhyw dristwch rhyfedd yn llygaid yr hen ŵr.

'Gwranda, ngwas i,' meddai. 'Dydwi ddim ar fy ngora bore 'ma, rhaid cyfadda. Ond mae'n rhaid imi drafod rhywbath efo chdi. A wnaiff hyn ddim aros nes fod fy mhen i'n gliriach, os bydd o byth.'

'Be sy? Oes 'na rywbeth o'i le?'

'Wel, mae'n dibynnu sut wnei di gymryd hyn,' meddai'r dewin braidd yn betrus. 'Rŵan fod yr ymchwiliad drosodd, mae Tynged wedi penderfynu fod yn rhaid iti fynd allan i'r byd mawr eto am sbel.'

'Be haru hi? Pam na wnaiff hi erlid rhywun arall am dipyn yn lle pigo arna' i drwy'r amsar?'

'Chdi ydi Mochyn Tynged. Dyna pam.'

'Duw a'm gwaredo, ni allaf ddianc rhag hon.'

'Dydi honna ddim yn llinell wreiddiol.'

'Wrth gwrs ei bod hi. Dwi newydd ei deud hi, do? Fydd rhywun arall yn ei dwyn hi rywbryd? Ond dim ots am hynna rŵan. I ble mae Tynged am fy ngyrru i tro 'ma? Ac ym mha gyfnod?'

'Bangor, Gwynedd, 2023.'

'Uffarn dân!'

'Rargian, dydi o ddim cyn waethed â hynny. O leia mae'n well nag Aberystwyth.'

'Dydi hynna'n fawr o ddewis.'

'Ac mae o'n reit agos i Gaernarfon. Rwyt ti'n lecio Caernarfon. Mi fedran ni ill dau bicio yno yn ddigon hawdd i gyfarfod am ryw banad a sgonsan.'

'Fyddi di'n dal i fod yn Nantlle yn 2023?'

'Byddaf. Rydwi wedi tsiecio hynna ar fy mhelen hud. Oes gen ti unrhyw gwestiyna ynglŷn â'r cam nesa 'ma yn dy fywyd di?'

'Oes, siŵr iawn. Dwsina. Ond ella mai'r pwysica

ydi – ar ba ffurf fydda'i y tro 'ma? Mochyn ynta bachgen ifanc?'

Gwingodd Myrddin yn anghysurus. 'Wel, mae Tynged yn gwybod cymaint yr wyt ti'n gwerthfawrogi dy natur gynhenid fel mochyn, felly mae hi wedi penderfynu y cei di gadw'r natur honno ... y ... y ... mewn ffordd o siarad.'

Trodd Porchellan ato. 'Be yn hollol wyt ti'n ei olygu wrth "mewn ffordd o siarad"?'

'Wel ... wel ... mae hi wedi penderfynu ... y ... fod yn rhaid iti gymryd ffurf ... y ... y ... mochyn bach clwt pinc.' Yna ychwanegodd yn frysiog, 'I gychwyn beth bynnag.'

'Be?' sgrechiodd Porchellan. 'Mochyn clwt pinc? Be nesa? Chlywis erioed y ffasiwn rwtsh. Y fath sarhad! A sut goblyn rydwi am symud o gwmpas? Sut fedra'i fynd i Gaernarfon nac i unman arall efo coesa clwt?'

'Ella y medrwn ni ddŵad i ryw fath o drefniant fel y gelli di gael dy adfer i dy ffurf naturiol bob hyn a hyn ... y ... neu rywbath.'

'Ac os bydda'i wedi fy ngwneud o glwt, beth am fy 'mennydd i? Fydd gen i un o gwbwl? Meddylia am y golled i'r byd petai hwnnw ddim yno. Ac a fydda'i'n medru siarad?'

'Dydwi ddim yn meddwl y gall hyd yn oed Tynged dy stopio di rhag siarad. Na, mae hi wedi fy sicrhau i na fydd hi ddim yn ymyrryd â dy synhwyra di.'

'Diolch i'r drefn. Ond hyd yn oed wedyn, meddylia

am y diffyg urddas. Clwt pinc! Fedra'i ddim credu dy fod di am adael i'r fath beth ddigwydd imi. Roeddwn yn meddwl dy fod di'n ffrind dibynadwy a dy fod bob amsar wrth law i f'amddiffyn i rhag pob cam.'

'Mi rydw i. Ti'n gwybod hynny. Ond fedra'i ddim newid penderfyniada Tynged. Ond mi wn i un peth i sicrwydd. Ddoi di ddim i unrhyw niwed. Yn wir, gallai fod yn brofiad eitha diddorol ... o bosib.'

'Na! Na! Na! Wna'i ddim! Beth bynnag, mae'n amhosib. Dwn i ddim sut i weddnewid i unrhyw beth heblaw bachgen ifanc. Yn sicr, does gen i'r un syniad sut i droi'n fochyn clwt, un pinc nac unrhyw liw arall.'

'O, does dim rhaid iti boeni am hynna,' meddai Myrddin yn eithaf didaro. 'Fydd ddim rhaid i ti neud dim byd. Fe fydd Tynged yn trefnu'r cwbwl.'

'Bydd, reit siŵr. Mae'r gnawas wedi hen arfar gneud hynny.'

20

Gwingodd y mochyn bach clwt pinc er mwyn ei wneud ei hun yn fwy cyfforddus ar gefn y gadair freichiau yn ein hystafell fyw. Roedd ei saga wedi mynd ymlaen am nosweithiau lawer, ond o'r diwedd tawodd, a gorchymyn inni ddiffodd y peiriant recordio.

'Dyna ddiwedd fy hanas hyd yn hyn,' meddai.

Edrychasom arno heb ddweud gair. Nid oeddem wedi dod dros yr holl bethau roeddem wedi eu clywed.

'Deudwch rywbath,' meddai'r llais bach gwichlyd.

'Ydi o'n wir?'

'Argol fawr! Dyna'r cwbwl fedrwch chi ei ddeud ar ôl clywed hanas a fydd ryw ddiwrnod yn cael ei ystyried yn bumed gainc y Mabinogi?'

'Wel, y cwbwl rydan ni'n ei wybod i sicrwydd ydi dy fod di wedi dod yma mewn Jiffy bag a dy fod wedi cael dy brynu yn un o siopa Marks and Spencer yng Nghaerdydd.'

'Twt lol. Rhith, a dim mwy oedd hynna, debyg iawn. Rydwi'n lecio amrywio fy null o drawsymud, fy modus operandi, fel petai. Roedd yn rhaid imi ddewis dull credadwy o gyrraedd yma. Fe fyddai wedi bod yn dipyn o sioc ichi petawn i wedi trawsymud yn hollol ddirybudd i mewn i'ch stafell fyw chi.'

'Wel, mae'n gryn sioc beth bynnag cael mochyn sy'n medru siarad ar ein haelwyd. Ond rhaid deud dy fod di'n edrach yn union fel mochyn bach tegan. Mae'n rhaid dy fod di'n bencampwr ar weddnewid.'

'Wrth gwrs,' meddai'r mochyn yn swta. 'Ond llai o'r "tegan" 'na, os gwelwch yn dda. Peidiwch byth â defnyddio'r gair 'na eto. Y fath sarhad! Tegan, wir!'

'Mae'n wir ddrwg gynnon ni,' meddem, gan feddwl peth mor od oedd ein bod yn gorfod ymddiheuro wrth fochyn clwt. 'Ond pam ddoist ti yma? Pam ni?'

'Cwestiwn da. Ac un rydwi wedi ei ofyn i mi fy hun droeon. Dydi fa'ma ddim y math o le rydwi wedi arfar ag o.' Edrychodd yn ddirmygus o gwmpas yr ystafell.

'Be sydd o'i le arno fo? Mae o'n gartrefol ac yn glyd. Rydan ni'n ddigon bodlon ag o.'

'Mae'n bur debyg eich bod chi,' meddai'r mochyn. 'Ond fedrwch chi brin ddisgwyl creu argraff arna'i efo'ch syniad bourgeois o "glydwch". Rydach chi'n sôn am glydwch wrtha' i? Fi, sydd wedi arfar â chyfoeth a godidowgrwydd llys brenhinol? Fi, sydd wedi eistadd yn Ehangwen a throedio coridorau prifysgolion hynafol Ewrop? Clyd, wir!'

'O leia mae 'na rai miloedd o lyfra yn y tŷ 'ma. Digon i dy gadw di'n brysur.'

'Rydwi wedi eu darllan nhw i gyd.'

'Anodd credu hynna. Dydan ni ddim wedi darllan pob un.'

'Naddo, reit siŵr. Ond rydw i'n wahanol.'

'Roeddan ni wedi sylwi ar hynna.' Teimlem yn bur

bryderus wrth feddwl am dreulio blynyddoedd, o bosib weddill ein bywydau, yn cael ein nawddogi gan fochyn clwt, ni waeth pa mor glyfar ydoedd. 'Pam ddoist ti yma, os ydi'r lle 'ma mor israddol yn dy farn di?'

'Doedd gen i ddim dewis, yn anffodus. Mae'n rhan o fy nhynged i. Wyddoch chi be ydi tynged?'

'Mae gynnon ni syniad reit dda ar ôl gwrando arnat ti gyhyd.'

'Fedra'i yn fy myw ddallt pam ddaru Tynged fy ngyrru i yma. Rydwi wedi arfar cymysgu â brenhinoedd a dewiniaid. Wedi eistadd wrth draed ysgolheigion disgleiriaf Ewrop.'

'Mae gynnon ni raddau o Brifysgol Cymru,' meddem yn betrus.

'Gan nad ydi'r Brifysgol honno ddim yn bodoli mwyach fel y cyfryw, fedra'i brin gymryd hynna i ystyriaeth.'

Penderfynasom newid y pwnc ryw gymaint. 'Ydan ni yn rhan o'r dynged 'ma?'

'Ydach, mae'n debyg.'

'Fedrwn ni ddianc rhagddi?'

'Mae'n debyg y medrwch chi. Mae gynnoch chi un ddihangfa nad yw'n agored i mi.'

'Be?'

'Marwolaeth.'

'Dydi hynna'n fawr o gysur.'

'Mae'n amlwg na fedrwch chi byth ddallt fy sefyllfa i. Fi yw Mochyn Tynged. Does dim modd i mi ei hosgoi hi.'

'O taw, wir. Rydan ni wedi cael llond bol o glywad

am dy dynged di. Dydi tynged ddim mor gaeth â hynna.
Fel y dywedodd un o ddramodwyr mawr Cymru, "'D yw
tynged dyn ddim megis unffordd afon neu ferch a wnaed
o flodau. Gelli ddewis." Ac mi elli ditha ddewis i radda
helaeth. Yn lle swnian dy fod wedi dod i lawr yn y byd,
gwna'r gora o'r hyn sydd o dy flaen. Edrycha i'r dyfodol.'

    'Wel, wir, mae'n galondid mawr imi eich bod yn
medru dyfynnu Saunders Lewis. Ac yn enwedig o'r
ddrama Blodeuwedd, er na wnes i ddim cymryd at y
ferch floda ei hun pan welis hi. Ia, mae'r llinall yna yn
dod o ddechra Act IV y ddrama.'

    'Dechra Act III, fel mae'n digwydd,' meddem yn
hunanfoddhaus.

    Edrychodd y mochyn arnom mewn syndod. 'Felly wir?
Touché. Rhaid imi gyfadda fod yr arlliw o ddiwylliant
rydwi'n ei glywad yn eich sgwrs chi yn argoeli'n bur dda
ar gyfer ein dyfodol ni gyda'n gilydd.'

    Edrychasom ar ein gilydd ac ochneidio.